AF210622

Renate Sültz & Uwe H. Sültz

Krimi & Co.

BoD- Books on Demand

Norderstedt 2016

Bibliografische Information durch die
Deutsche Nationalbibliothek

Die Deutsche Nationalbibliothek
verzeichnet diese Publikation in der
Deutschen Nationalbibliografie; detaillierte
bibliografische Daten sind im Internet über
http://dnb.dnb.de abrufbar.

Herstellung und Verlag:

BoD – Books on Demand, Norderstedt

ISBN 9-78383-9-14858-7

Inhalt:

Agathes Code

Wer kennt sie nicht, die fantastischen Abenteuer des Monsieur LeGrant oder die Fälle von Kommissar Craik. Agathe X. war eine sehr erfolgreiche Autorin. An ihrer Seite sah man stets ihren Sohn Luis. Ihr erstes Buch wurde bereits zum Bestseller. Luis bewunderte seine Mutter, wollte unbedingt die Geheimnisse des Geschichtenschreibens erlernen. „Fantasie und viel Ruhe brauchst du, mein Sohn", sagte die erfolgreiche Mutter. Abend für Abend saßen sie bei einem Glas Wein beisammen, plauderten über dies und jenes, diskutierten, machten sich Stichpunkte. Schon war die Grundlage für eine neue Geschichte geboren. „Es sind die Dinge, die im Alltag passieren", sagte Agathe. Klug, wie die Mutter war, sorgte sie bei Luis für eine gute Ausbildung. Über den Beruf des Buchbinders bis zum Studium arbeitete sich Luis an die Spitze. Sein Bruder hingegen war ein Lebemann. Mutters Unterstützung verprasste er meist im

Spielkasino. Leo war genau so talentiert wie sein Bruder, aber irgendwie verstand er das Leben nicht. Erfolg kam eben nicht von ungefähr. Luis richtete sein Arbeitszimmer neben Agathes Büro ein. Jetzt hatte er alles an Handwerkszeug beisammen, durch Mutters Gespräche am Abend sprudelten die Ideen. Agathe hatte wieder einen Bestseller. Luis schrieb das erste Buch unter Agathes Namen, Agathe war begeistert vom Inhalt und ließ es zu. Es wurde ein ordentlicher Erfolg, beide freuten sich. Natürlich schob Agathe einen neuen Fall von Kommissar Craik hinterher. Wie es in der Brache so war, zog der Name und so steigerte sich auch das Buch von Luis nochmals. Mit dem von Luis erworbenen Know-how, setzte er nun auch das Internet ein, man sprach über Luis, man kannte ihn jetzt. Dabei setzte er zwei Künstlernamen ein, Cora Brix und Henry Desmond. Erfolg über Erfolg war das Resultat. Schreiben, Weinabende mit Mutter, die beiden wurden ein Erfolgsduo. Und niemand kannte ihre Herkunft. Der erste oder zweite

Platz war ihnen in den Bestsellerlisten
sicher.

Luis erwarb von seinen Einkünften
Grundstücke, Agathe sparte alles und legte
das Geld und die Wertpapiere in ihren
Tresor. Nun, es war ein Panzerschrank mit
modernster Technik, mechanische und
elektronische Zahlenkombinationsschlösser
kamen zum Einsatz. Millionen lagen darin
und warteten. Auf was eigentlich? Agathe
war eine glückliche und zufriedene Frau.
Luis war versorgt und Leo schlug sich so
durchs Leben. Er würde ja sowieso genug
erben. Luis dagegen war nicht auf die
Erbschaft angewiesen. Die Zeit verging, der
Erfolg der Bücher war immer noch grandios.
Leo bohrte immer mehr nach Geld. Agathe
versuchte ein letztes Mal, ihren Sohn auf
die richtigen Schienen zu setzten. Aber es
war zu spät, Leo ließ sich hochverschuldet
mit der Mafia ein. Leo versprach dem
Geldeintreiber, dass er aus dem
Geldschrank seiner Mutter bezahlen würde,
nur seine Mutter müsste kurz zum

Schweigen gebracht werden. Es passierte tatsächlich so, selbst Kommissar Craig könnte diesen Fall nicht lösen. Alles sah nach einem Unfall aus. Das Fahrzeug von Luis, mit Agathe auf dem Beifahrersitz, überschlug sich mehrmals, stürzte dann den Abhang hinunter. Agathe war sofort tot, Luis überlebte schwerverletzt. Das Haus stand nun wochenlang leer. Leo und zwei Panzerschrankknacker machten sich ans Werk. Die schwere Explosion nutzte gar nichts. Herumfliegende Splitter verletzten Leo schwer, die beiden anderen flohen. Als die Polizei eintraf, war Leo schon tot. Nach Luis Genesung richtete er das Büro neu ein. Agathes Erbe sollte zu 60 Prozent gespendet werden. Die 20 Prozent an Leo kamen noch dazu. Luis spendete einer Autoren-Gruppe seinen Anteil, zur Förderung, so wie es seine Mutter mit ihm gemacht hatte. Den Code kannte Luis übrigens auch nicht, Agathe sagte nur immer, denke an die Erfolge unserer Bücher! Luis tippte ein: 1... 2... 1... 3... 1... 2... 1... 4... 2... 1...

Bestseller

Robert ist Sohn des Bestseller-Autor Stan Wenesh. Wer erinnert sich nicht gern an die Kriminalgeschichten mit Inspector Drabens, auch die Romane „Untergang der Westburns" und „Der letzte Held". Robert war immer im Hintertreffen, er verdiente sich sein Geld als Redakteur, schrieb Gedichte, Kurzgeschichten und Liebesgeschichten.

Es hätte aber auch anders kommen können, völlig anders. In jungen Jahren, Robert war 15, schrieb er all die Greultaten auf, die sein Vater Stan ihm und seiner Mutter Lydia antat. Robert entwickelte eine gewaltige Fantasie. Jeden Abend überlegte er, wie er den Vater zur Rechenschaft ziehen könnte. In seinen Tagebüchern entstand der Killer Drab. Robert sah sich selbst als den Killer. Unendliche Geschichten und verschiedenste Mordarten entwickelten sich. Tagsüber, aus Angst vor dem Vater, der Musterschüler, abends der Killer. Robert sah die Qualen an seiner Mutter, Schläge, Vergewaltigung,

Betrügereien, die ganze Palette übte der so saubere Stan Wenesh aus, zumindest nach außen. Damals war Stan noch ein Nichts, ein kleiner Angestellter der New Day Post.

Irgendwann einmal fand Stan das Tagebuch, raffiniert wie er war, kopierte er diese Seiten, veröffentlichte sie in etwas geänderter Form in der Zeitung. Der Verlag DDST wurde aufmerksam und wollte ein Buch damit drucken, aber nicht aus der Seite des Killers, sondern eines Inspectors. So entstand Inspector Drabens.

Das Buch wurde ein Bestseller. Je mehr Bücher verkauft wurden, umso gemeiner wurde Stan zu seiner Familie. Immer mehr schrieb Robert, immer spannender wurden die Morde, nur Stan hielt ihn und seine Mutter an der ganz kurzen Leine. Er hatte Freundinnen, den teuersten Wagen und die modernste Technik. Heimlich nahm Stan alle Gesprochene auf, in seiner Familie, bei den Treffen der Autoren, er war einfach immer über alles informiert.

1964 kaufte er eines dieser neuen Errungenschaften, den Compact-Cassette-Recorder von PHILIPS/NORELCO. Es war fast wie ein Agentenkrimi, Stan nahm alles auf, wirklich alles. In seinem Aktenkoffer hatte er stets den Cassetten-Recorder zur Aufnahme bereit. Oft ließ er ihn, sozusagen, ausversehen in Büros stehen. Danach hatte er oft Buchtitel und Inhalte spioniert. Daher wurden auch seine anderen Bücher Erfolge, denn das Buch „Der Untergang der Westburns" hieß im Original von Mike Dewenger „Der Untergang einer Dynastie in Dallas". Nur, Stan war schneller auf dem Markt, mit einer ähnlichen Geschichte eben, aber gestohlen.

Stan wurde geliebt und gehasst, als Genie bezeichnet. 1968 trennte er sich von seiner Familie, auf dem Höhepunkt seiner Karriere verunglückte er mit seinem Sportwagen. Ein Genie war sofort tot, so schrieb man es. Wie viele Konkurrenten und Freunde er aber betrogen hatte, das stand auf einem anderen Blatt Papier.

Auf einem anderen Blatt Papier standen auch Robert und seine Mutter. Sie kämpften zu Stans Lebzeiten nicht um eine große Abfindung, sie waren mit den 1800 Dollar zufrieden, Hauptsache Freiheit und weg von diesem Tyrannen.

Robert löste das Büro seines Vaters auf. Er stieß auf die Cassetten, rechnete mit guter Musik. Als er sie kontrollierte war er wie versteinert. Das Denkmal Stan Wenesh brach zusammen. Der Skandal war geboren. Fairerweise überlies Robert alle Einnahmen der gestohlenen Werke den eigentlichen Eigentümern. Der Verlag kam auf Robert zu und wollte, dass Robert alle Bücher neu verfasst, nun aber aus Sicht des Killers.

Die Bücher wurden Robert aus der Hand gerissen, aber auch seine Gedichte, das wahre Genie war geboren... Robert S. Wenesh.

Das Drama um Maria Gortales

Jack, ein Seemann, nein, so kann ich es nicht stehen lassen, es wäre eine maßlose Untertreibung, er ist Kapitän des Kreuzers FLIGH AWAY, hat sich mit seiner Frau ein wunderbares Anwesen in Ensenada gekauft. Beide stammen aus Dallas, es zog sie aber nun zum Pacific, nahe ans Wasser eben. Ihr Anwesen strahlt in herrlichem Weiß, die Mauern um das Anwesen herum sind in hellblauer Farbe gehalten. Constanze Miller, Jacks Ehefrau, besitzt das Computer-Unternehmen COMICOM. Gerade zu Zeiten des Internetbooms ist sie mit ihrem Team unwahrscheinlich erfolgreich gewesen. Heute hat sie einen festen Kundenstamm, Ferrari, Porsche, Rolex, für die Millers ein ganz gewöhnlicher Lebensstiel.

Vor zwei Monaten hat sich die neue Hausangestellte Maria Gortales vorgestellt, eine junge Frau mit gutem Ordnungssinn. Lediglich, dass sie Mr. Miller versucht schöne Augen zu machen, stört Mrs. Miller, aber, ach nein, daran ist gar nicht zu denken.

Eines Tages bemerkte Stan Colbey, dass eine negative Front gegen COMICOM aufgebaut wurde. Gab es unzufriedene Kunden oder handelte es sich um Konkurrenz? Der Leiter der Computerfirma übergab das Problem der Hausnahen Detektei. Für die Millers noch kein Grund der Besorgnis. „Konkurrenz eben", sagte Constanze in einem ärgerlichen Ton. Diverse Drohbriefe gab es ja auch schon einmal, erstaunlicher Weise auch in der heutigen Post. Mrs. Miller verabschiedete sich von ihrem Ehemann und fuhr in Richtung Dallas um Hauptsitz der Firma. In einer Konferenz wollte sie mit den Führungsspitzen, der Detektei und der Polizei den Fall erörtern.

Jack nahm sich eine etwas längere Auszeit, nun, er kann sich so etwas erlauben, ein Teil der Reederei ist im Familienbesitz. Er freute sich immer über Maria, sie war fröhlich, erzählte jeden Tag was so in der Stadt los war, mit ihrem niedlichen Sprachfehler klang sie sehr sexy. Aber Jack kannte natürlich die Grenzen, dafür liebte er seine Frau zu sehr, man kann sagen, abgöttisch. Heute Morgen erschien Maria Gortales in einem recht kurzen Röckchen, der Ausschnitt ließ auch tief blicken. Mr. Jack Miller korrigierte die junge Frau und verlangte einen anderen Kleidungsstiel. Er ging in der Zwischenzeit unter die Dusche. Maria aber änderte nicht ihren Kleidungsstiel, sie kam völlig ohne Kleidung in Jacks Bad. Jack blieb in seiner überlegenen Art völlig ruhig, viele Situationen musste der gutaussehende Seemann, Entschuldigung, Kapitän und Eigner, schon bewältigen.

Er zog seinen Morgenmantel an, legte den seiner Ehefrau Maria Gortales um und ging mit ihr aus dem Bad. „Maria", sagte Jack Miller, „sie haben bei uns eine sehr gute Stellung, Sie sind fleißig, sie sind ehrlich, wir geben ihnen einen hohen Monatslohn, ihre gesamte Familie ist dadurch versorgt, ich bitte sie, machen sie keinen Fehler!" „Aber ich liebe dich.", flehte Maria Gortales.

„Maria", so sagte Jack weiter, „es wird eine Verliebtheit, vielleicht eine Art der Bewunderung sein, aber die Liebe zu meiner Frau Constanze ist über viele, viele Jahre gewachsen. Am Anfang sagt man schnell "ich liebe dich", und dann wächst die Liebe täglich, sie nimmt immer mehr zu, immer mehr erkennt man immer mehr gleiche Interessen, Vorlieben, immer mehr Vertrauen wird aufgebaut, und dann, ja dann kommt der Tag an dem man die Liebe an einem einsamen Ort erleben will, alles andere ist völlig egal. So war es und ist es bei meiner Constanze und mir. Ich drücke Ihnen ganz fest die Daumen, dass auch Sie das erleben dürfen. Sie sind gerade 19 Jahre, alles kann passieren!"

„Aber ich muss dich lieben.", sagte Maria Gortales mit leiser Stimme.

Tage später kam Mrs. Miller zurück. Aufgeregt sagte sie zu ihrem Ehemann: „Was ist mit dem Ferrari passiert?"... „Ich habe nichts bemerkt", wunderte sich Jack, „Maria ist auch schon zwei Tage nicht erschienen, seltsame Anrufe habe ich erhalten!"

„Jack, mein Darling", sagte Constanze leise, „wir werden erpresst, die Polizei kommt gleich, die Experten verfolgten die Internetangreifer, es ist das Haus in dem Maria Gortales wohnt, es werden wohl ihre Brüder sein, was sie wollen hat die Detektei noch nicht herausgefunden!"

Die Polizei erschien ebenfalls. Der Ferrari war mit Benzin übergossen. Der Zünder funktionierte aber nicht. Im Haus fanden die Beamten versteckte Kameras. Maria Gortales wurde zum Mitmachen gezwungen. Jetzt erst verstand Jack Miller den Satz „Aber ich MUSS dich lieben".

Die Bande wurde verhaftet. Maria aber kam damit nicht zurecht, in ihrem Abschiedsbrief, den der Staatsanwalt neben ihrem Leichnam fand, stand:

Liebes Ehepaar Miller,

ich wollte das nicht, ich liebe Sie
beide wie meine Eltern. Sie sind
wunderbar. Sie sind ein
Traumpaar. Ich hätte Ihnen nie
wehtun können. Ich wurde von
meinen Brüdern gezwungen dazu.
Ich bitte um Verzeihung.

Maria Gortales

Denn sie wussten nicht, was sie taten

Es war in den fünfziger Jahren. Es ist die Zeit
des Wirtschaftswunders. Aber auch eine
Zeit, in der viele das haben wollten, was in
den Schaufenstern angeboten wurde. Auch
wurden wieder Autos gebaut. Viele liefen
noch nicht auf den Straßen, aber sie waren
für die meisten Arbeiterfamilien
unerschwinglich. Es war ein großes Angebot
an Gütern vorhanden. In dieser Zeit aber
nicht für jedermann erschwinglich. Holger
Biermann, Freddy Lindenwald, Günther
Faber und Roland Esser, saßen an einem
Samstagabend fast resigniert am
Stammtisch, an dem sie sich jedes
Wochenende trafen. Die jungen Männer
arbeiteten unter Tage. Jeden Tag der Dreck
und die stickige Luft im Stollen zermürbte
sie. Sie wollten reich sein. Träumten davon
irgendwo am Strand zu liegen und das
Leben zu genießen. Sie diskutierten den
ganzen Abend immer über das gleiche
Thema. Außerdem sagte Holger: „Was ist
denn schon los hier in Herne?"... „Schaut

euch doch mal um hier, ihr werdet nichts finden was euer Herz erfreut. Weit und breit nur Baustellen."... „Ja, du hast Recht, Holger.", sagte Freddy Lindenwald. „Nur, leider sind wir an diese Stadt gebunden." Der älteste in der Runde war Günther Faber. Faber meinte: „Hört auf zu nörgeln, Jungs. Entweder wir unternehmen jetzt etwas oder wir finden uns damit ab unter Tage zu arbeiten und in dieser Stadt zu versauern." „Hast du einen Vorschlag, was wir tun könnten?" Roland Esser meldete sich nun auch zu Wort: „Ihr habt ja Recht. Auf der einen Seite ist hier nichts los und im Stollen hab' ich auch keine Lust zu versauern. Aber nicht nur hier in Herne wird es so aussehen. Und auch ich hätte große Lust mehr Geld zu haben und hier abzuhauen."

Die vier Männer kamen auf eine dumme Idee. Holger machte den Vorschlag einen Güterzug in der Nähe von Esslingen zu überfallen. „Holger, du hast doch wohl den Realitätssinn völlig verloren.", meinte

Freddy Lindenwald. „Aber warum denn, wenn wir genau überlegen was zu tun ist, kann doch nichts schief gehen.", sagte Günther.

Alle Männer kamen zu der Übereinkunft, genau heraus zu bekommen, wann der Zug in den Bahnhof einfährt, rangiert und abgekoppelt wird. Und wann die Ware entladen wird. Außerdem ist in diesem Zug, so hatte sich Holger schon schlau gemacht, eine größere Menge Bargeld zu finden. Der Zug beinhaltet teure Seidenstoffe, die aus der Türkei kommen, außerdem mindestens 250.000 DM an Bargeld. Der Güterzug wird akribisch genau überwacht. „Es wird nicht einfach sein, das Ding durchzuziehen, aber es wird sich für uns alle lohnen, wenn wir zusammenhalten und uns genau an den Plan halten.", sagte Holger Biermann. Am nächsten Morgen waren die Männer wieder mit ihrer Arbeit im Stollen beschäftigt und die Gedanken an einen Überfall waren erst einmal zurückgestellt. Abends am Stammtisch wurde dann wieder diskutiert und beratschlagt über den Überfall. Alle wollten diese Aufgabe erledigen, denn der Traum vom Reichtum sollte Wirklichkeit werden. Freddy, Holger und Günther kundschafteten am anderen Tag alles aus. Sie wussten nun genau, wann der Zug einfährt. Wann er abgekoppelt und entladen wird. Auch bekamen sie heraus, wo sich der Tresor mit dem Geld im Zug befand. Wie viele Wachposten im Zug und sich draußen aufhielten, während der Wagon entladen wird. Sie tranken einige Biere und besiegelten damit ihren Plan. Für den Überfall, planten sie den Freitagnachmittag. Alles musste sehr schnell gehen, sie durften keine Zeit verlieren.

17 Uhr, Freitag der 11, März 1950 in Esslingen. Alle Männer waren auf ihren Posten. Als Zugführer war Harry verkleidet. Günther als Gleisbauer und die anderen beiden lungerten als Fahrgäste auf dem Bahnhof herum. Der besagte Zug fuhr langsam ein. Die Spannung stieg bei den

Männern. Aufregung pur. Der Adrenalinspiegel stieg gewaltig. Jetzt ging alles rasend schnell. Die Wachtposten wurden außer Gefecht gesetzt. Im Wagon handelten die Männer sehr schnell. Alles war gut durchdacht. Sie fanden relativ schnell den Tresor und überwältigten den Zugführer. Alles klappte ausgesprochen gut. Der Tresor war tragbar, sodass sie schnell weg konnten.

Schnell sprangen sie in den dafür vorgesehenen Kombi und fuhren sofort Richtung Süden. Niemand erkannte sie, keiner hielt sie auf. Sie fuhren ihrem Traum vom Reichtum entgegen ohne ein schlechtes Gewissen zu haben. Man sah sie nie mehr in Herne.

Die Mausefalle

Familie Kardau war eine reiche Familie. Niemand konnte ahnen, womit sie ihren Reichtum zusammentrugen. Die männlichen Familienmitglieder waren nicht gut in der Stadt angesehen. Sie waren stets unfreundlich und wollten immer Recht behalten. Frau Kardau und ihre Tochter waren wiederum beliebt. Sie versuchten die Boshaftigkeit der anderen Familienmitglieder zu überdecken. Irgendwann dachte Robert Kardau, Sohn von Paul, dass er nun an der Reihe wäre, das Geld und das Vermögen an sich zu bringen. Die Stimmung innerhalb der Familie war sehr gereizt.

Das viele Geld brachte zwar Reichtümer, Sportwagen, eine Segeljacht und was es sonst noch so gibt. Alles hätten sie genießen können, jedoch Vater und Sohn wurden immer egoistischer. Frau Kardau und ihre Tochter hatten sowieso nichts zu melden. Den Patriarchen des Hauses zu bedienen, war ein ungeschriebenes Gesetz. Jeden

Abend träumte Robert von diesem Reichtum. Er war ein geborener Angeber. Doch seine Intelligenz war unübertroffen. Er wusste, dass sein Vater bei schlechter Gesundheit war.

Also plante er Paul umzubringen, damit er schneller an das Erbe kommen konnte. Da Robert auf Nummer sicher gehen wollte, entwickelte er einen ausgeklügelten Plan. Ein schnell wirkendes Gift musste her, das er sich über einen Hehler besorgen wollte. Robert präparierte zunächst die Schwimmflossen des Vaters. Mit seiner Fantasie malte sich Robert genau aus, was passieren würde. Sein Vater fuhr mit dem Motorboot oft zum naheliegenden See und setzte sich immer zuerst auf den Bootsrand, um die Schwimmflossen und die Taucherbrille anzulegen. Dann ließ er sich rückwärts ins Wasser fallen. Alles passierte vor den Augen seiner Geliebten Gabi. Nur diesmal stieß die Nadel mit dem flüssigen Gift zu. Paul würde nicht mehr auftauchen. Man würde Gabi als Mörderin verdächtigen. Seine Fantasien gingen weiter. Einmal im Monat, traf sich Paul mit seinen Freunden beim Skat. Drei davon waren Zigarrenraucher. So freigiebig wie Paul war, hat er sich immer mit teuren Zigarren die Freundschaft der anderen erkaufen wollen. Robert präparierte die vierte Zigarre. Das Gift wirkt auf die Lunge und löst einen Hustenanfall aus. Er wusste auch, dass sein Vater gern den Sportwagen fährt. Etwa 500 Meter nach der Hofausfahrt telefonierte er immer mit Gabi. Robert manipulierte auch das Handschuhfach. Alles präparierte er mit einer Giftspritze. Es kam der Tag, an dem es einen kompletten Telefonzusammenbruch gab. Robert befand sich in seiner Lieblingsbar. Seine Schwester traf sich heimlich mit Johann.

Johann war der Sohn eines angesehenen Industriellen aus Österreich. Auch der Vater von Johann fiel auf die kriminellen Machenschaften von Paul Kardau herein. Er verlor Millionen. Johann und seine Angebetete schmiedeten Zukunftspläne. Er

wollte sie aus dieser Familie herausholen.
Nur Frau Kardau war mit ihrem Mann allein
im Haus. Das Telefon funktionierte nicht.
Paul befahl seiner Frau das Handy aus dem
Wagen zu holen. Nach einer Stunde fand er
sie leblos neben dem Wagen liegen. Durch
die Beerdigung wurde das Skatspiel
abgesagt. Natürlich auch das Tauchen. Die
Tochter suchte Trost bei Johann. Nutzte
aber auch die Gelegenheit zu fliehen. Diese
Zeit nutzte Roberts Hehler aus, um in das
Anwesen einzubrechen. Er war nicht nur
Hehler, sondern auch Dieb. Wie üblich, zu
den normalen Einbrecherutensilien, trug er
eine Waffe bei sich. Es ist kein Geheimnis,
aber die Verandatür ist nicht gut gesichert.
Das Wohnhaus wurde nach einem Tresor
durchsucht. Paul Kardau, hörte die
Geräusche, ebenfalls der Sohn. Paul wollte
den Einbrecher stellen und holte seine
Waffe aus dem Schlafzimmer und wollte
den Einbrecher stellen.

Beide schießen und Paul wurde tödlich
getroffen. Der Einbrecher wurde am Bein

verletzt. Er lag am Boden. Nun kam Robert
ins Spiel und sah die Tragödie. Der
Einbrecher, der ja auch Roberts Hehler war,
sagte: „Na, da habe ich dir wohl einen
Bärendienst erwiesen." „Hilf mir auf, gib mir
100.000 und die Sache bleibt unter uns."
Robert ging zum Tresor, öffnete ihn, ergriff
das Geld und fiel kurz danach leblos zu
Boden. An seinen Fingern verklemmte sich
eine Mausefalle mit einer Giftinjektion, die
Paul Kordau aufgestellt hatte. Roberts
Schwester übrigens, machte Johann sehr
glücklich. Das Vermögen der Kordaus wurde
für wohltätige Zwecke gestiftet.

Geräusche, Achtung Aufnahme!

Cliff Tendays ist erfolgreicher Musikproduzent. Eigentlich war sein Name Piotr Berdenga, aber wer sollte sich diesen Namen in Chicago einprägen. Auch heute ist sein Musikstudio wieder ausgebucht. Hank übernimmt das Mischpult. Aus den Anfangszeiten ist nur noch das rote Hinweisschild mit der Aufschrift: ACHTUNG AUFNAHME übriggeblieben, sowie der dazugehörige Schalter, damit es hell aufleuchtete.

Cliff sitzt im Büro… im Nebenraum, wird geprobt. Hören kann man nichts, alles ist gut isoliert. Die Eierkartons, die Cliff in den Anfängen einer Schallisolierung an die Wände klebte, sind längst ausgetauscht. In der Zeitung liest Cliff das Dan Briks aus der Haft entlassen wird. Ein Schauer fegt den Musik-Produzenten über dem Rücken. Er erinnert sich, es war dieses heruntergekommene Haus. Nun ist es ja renoviert. Aber Erinnerungen bleiben eben. Cliff war damals auf Namensuche und nach einem Musikstil, der zu ihm passte. Viele Aufnahmen stellte er her. Cliff spielte alle Instrumente selbst. Mischte sie auf dem damals neuen Mischpult ab. Es war sein ganzer Stolz. Er brachte es aus Paris mit. Die dritte Etage mietete Cliff. Die zweite ein älteres gehörloses Ehepaar. In der ersten Etage wohnte der Vermieter. In der Etage über Cliff hatte er nie jemanden gesehen.

„Dance with Dean" sollte sein großer Hit werden. Viele Probeaufnahmen waren schon auf Band. Für das Plattencover engagierte Cliff einen jungen Studenten mit einem Traumbody. Das sollte anlocken. Heute endlich… die finale Aufnahme. Alles klappte perfekt. Aufnahme, Abwicklung, Kontrolle. Aber was war da für ein Geräusch? Cliff ärgerte sich. Alles schien perfekt. Aufnahme, Abmischung, Kontrolle. Was war da für ein Geräusch?

Nun gut, also noch einmal und wieder diese Geräusche. Als gelernter Tonmischer kontrollierte er jede einzelne Tonspur. Da war es. Leise, aber eben als Störgeräusch zu hören. Er verstärkte das Signal mehr und mehr. Jetzt war ein klägliches Jammern zu hören. „Helft mir, bitte!" Wie sollte dieses Geräusch durch die schallisolierten Wände dringen? Technisch unmöglich, so meint es Cliff. An Mystik oder andere Phänomene glaubt der Tontechniker nicht. Er blieb logisch denkend. Das Geräusch war sauber analysiert. Nun stellte Cliff seine Mikrophone im ganzen Raum auf. Er richtete sie auf alle Wände, den Boden und die Decke. Treffer. Von oben kamen die Hilferufe. Er rief die Polizei. Sie brachen die Tür der oberen Etage auf und fanden eine junge Frau. Sie wurde gefangen gehalten und misshandelt. Mit einer Gabel kratzte sie den Fußboden auf, legte den Teppich drüber, wenn ihr Peiniger zu ihr kam. Sie war am Fuß angekettet kam nicht bis zur Tür und nicht zum Fenster. Mit einem Stahldraht am Hals bekam sie zwar Luft, aber konnte nicht um Hilfe rufen. Heute war endlich der Tag, an dem sie den Holzfußboden durch hatte. Es war ein kleines Loch. Man hätte sie viel eher hören

können, aber die Schalldämmung
verhinderte es. Dan Bricks, wurde verhaftet.
Cliff hatte mit dem Musikstück Erfolg. Zehn
Tage war es in Amerika auf Platz 1. Die
junge Frau, die wir hier nicht nennen
wollen, besucht Cliff einmal im Jahr.

Mord in London

Einsam lief sie durch die Straßen von
London. Jane war eine aufgeschlossene,
junge Frau, die für ihr Alter von 25 Jahren
schon einiges hinter sich gebracht hatte. Sie

studierte Physik und war auf dem Weg zu ihrer kleinen Kellerwohnung im Herzen der Londoner East-Ends. Einst wurde diese Straße gebaut, um die große Anzahl von Seidenwebern unterbringen zu können. Heute ist diese Straße das Zentrum der wachsenden Industrie. Jane McNeal lief langsam. Die Straße zu ihrer Wohnung war schlecht beleuchtet und das alte Pflaster lud zum Stolpern ein. Plötzlich hörte sie hinter sich Schritte. Erst gemächlich, dann immer kraftvoller und schneller. Jane bekam Angst. Sie drehte sich um, aber nichts war zu sehen. Sie ging weiter, aber die Angst saß ihr im Nacken. Plötzlich ein dumpfer Schlag, ein leises Aufstöhnen und Jane lag in ihrer Blutlache. Durch diesen Schlag auf den Schädel war sie sofort tot. Die Schritte des Täters verhallten in der Dunkelheit und er verschwand ungesehen.

Inspektor Dennis Hopkins war gerade dabei seinen morgendlichen, starken Kaffee in seinem Büro zu trinken, als ihm die Meldung vom Mord des jungen Mädchens auf den Schreibtisch flatterte. Sein Assistent Jim Laurel und er machten sich auf den Weg zum Tatort. Hopkins hatte kaum geschlafen. Probleme mit seiner Frau raubten ihm den letzten Nerv. Nach so vielen Jahren Ehe nicht verwunderlich, denn seine Frau ist älter als er und hat kein Verständnis, wenn er ständig nur im Büro sitzt und irgendwelche Fälle durchkaut, die nicht gelöst wurden. Jane McNeal lag in ihrem Blut, eine junge Frau, die voller Tatendrang und Lebensmut war. Heimtückisch von hinten erschlagen. Hopkins war entsetzt, er hatte schon viel im Laufe seiner Zeit als Inspektor gesehen, aber da blieb ihm die Luft weg. Er musste wegschauen, denn es war mehr als grausam. Der Schädel des Mädchens war total zertrümmert, sodass die Gehirnmasse austrat. „Bitte sichern sie den Tatort und suchen sie nach Hinweisen, die eventuell auf den Täter schließen könnten.", sagte Dennis Hopkins. Der Inspektor war schneeweiß im Gesicht als er in seinen fünfzehn Jahre alten Mini Cooper einstieg. Er hing an dem Auto und wollte ihn solange fahren, bis er letztlich komplett auseinander fallen würde. Er konnte einfach nicht glauben, was er gerade gesehen hatte. Ausgerechnet Hopkins lebte mit seiner Frau in der Fournier Street in London, wo Jack the Ripper im 19. Jahrhundert sein Unwesen getrieben haben soll. Eigenartig war es schon. Die ganze Nacht hindurch grübelte er über diesen Fall nach. Am folgenden Morgen im Büro beauftragte er Jim Laurel herauszubekommen, wo das Mädchen wohnte, was es machte und wer mit ihr Kontakt hatte. Die Obduktion der Leiche ergab, dass der Täter brutal vorgegangen war. Hinterrücks erschlug er sie mit einer Eisenstange. Demnach zu urteilen, wie der Schädel aufgeplatzt war, muss es ein Gegenstand aus Eisen gewesen sein. Hopkins war fassungslos. So ein brutales Vorgehen ist ihm in seiner ganzen Laufbahn als Kriminaloberinspektor noch nicht untergekommen. Wer war der Täter? Wie sah er aus? Wo war er zu finden? So schnell wie möglich musste dieses Monster gefasst werden.

Vorsichtig klopfte Jim Laurel um die Mittagszeit an die Bürotür seines Chefs, denn dieser hatte die Angewohnheit, um diese Zeit in seinem Sessel ein Nickerchen zu machen. Hopkins rief: „Herein! Kommen sie endlich rein Jim." Laurel trat ein und platze auch direkt heraus mit den Informationen. Jane McNeal war Studentin, ledig, wohnte ganz allein, hatte aber einige Studienbekanntschaften und ging regelmäßig in die Kirche. Pater Tom Watson nahm ihr regelmäßig die Beichte ab. Sie war in einem sehr konservativen Elternhaus aufgewachsen. Alle gingen dort in die Kirche. Das Beichten gehörte dazu. Dennis Hopkins wurde ungehalten und ranzte Laurel an: „Schön und gut, mehr haben sie nicht herausbekommen?" Jim antwortete: „Nein, fürs Erste ist es das. Aber ich bleibe dran und werde sie informieren, sobald ich mehr in Erfahrung gebracht habe." Hopkins entschuldigte sich für seinen schroffen Tonfall und sagte: „Dieser Mord geht an die Grenze meines klaren Verstandes. Da ich sowieso in ein paar Wochen in Rente gehe, werde ich mich sofort nach Aufklärung des Falles zur Ruhe setzen." Laurel konnte Hopkins in dieser Hinsicht verstehen. „Wissen Sie eigentlich Jim, dass sie mein Nachfolger werden?", sprach Dennis Hopkins. Ungläubig schüttelte Laurel den Kopf und stotterte: „Neeein? Ich dachte es..." Mit einem Grinsen im Gesicht sagte Hopkins darauf: „Ach Mensch, wenn sie schon anfangen zu denken."

Das Telefon klingelte. Die Pathologie meldete sich mit einer interessanten Neuigkeit. Der Gegenstand mit dem Jane erschlagen wurde, muss eine spitze, lange Unterkante gehabt haben. Nicht, wie man erst vermutete eine Eisenstange, sondern eher eine Tatwaffe aus Holz. Das hilft wohl auch nicht direkt weiter, aber immerhin besser als nichts, meinte Hopkins. Laurel fand noch ein paar Tage später heraus, dass Jane kaum Freunde hatte, da sie sich total in ihrer Wohnung nach den Vorlesungen einigelte. Was wohl auffällig war, dass sie einmal in der Woche zum Beichten ging.

Einer Nachbarin fiel auf, dass das Mädchen sehr blass war und ständig mit dem Blick nach unten einherging. Dennis Hopkins hörte sich an, was Jim zu sagen hatte und legte den Hörer auf. Der Inspektor und sein Assistent besprachen Pater Tom Watson mal einen Besuch abzustatten. Watson lebte sehr zurückgezogen auf einem alten Landsitz. Er hatte niemanden. Inspektor Hopkins und sein Assistent Jim Laurel bekamen die Informationen vom örtlichen Pfarramt. „Aber was soll Watson schon für Informationen haben? Was weiß er schon?", spekulierte der Inspektor.

Am Tag darauf fuhren Beide zum Landsitz des Paters. Watson war ein untersetzter, kleiner Mann. Lief ständig mit gefalteten Händen herum. Eigentlich eine nichtssagende Gestalt. Das alte Haus indem Watson lebte, war alt und hatte schon fast etwas Unheimliches. Die Beamten klopften an und baten mit dem Pater sprechen zu können. Tom Watson bat sie herein und fragte: „Was kann ich für sie tun?" Er war offensichtlich sehr nervös, was den Kriminalbeamten sofort auffiel. „Nun mal ganz sachte. Wir haben ein paar Fragen. Wissen sie eigentlich, dass Jane McNeal, eine Studentin, die regelmäßig von ihnen die Beichte abgenommen bekam, ermordet wurde?", sagte Laurel. Watson stotterte: „Nein..." Kaum unauffällig benahm sich der Pater. Hopkins und Laurel hatten vorläufig keine Fragen mehr und verabschiedeten sich erst mal höflich. Im Auto sagte Dennis Hopkins: „Ich kann mir nicht helfen Jim, aber irgendwie kommt mit der Pater verdächtig vor.", Jim antwortete: „Den Eindruck hatte ich auch. Aber was können wir ihm vorhalten? Angeblich war er immer hier in seinem Haus." Beide waren sich sicher, hier würde etwas nicht stimmen. Laurel und Hopkins machten Feierabend, denn das was beide dachten, wollten sie vorläufig für sich behalten. Es konnte einfach nicht sein.

Am nächsten Tag flatterten neue Untersuchungsergebnisse dem Inspektor auf dem Schreibtisch. Seine Laune war genau so mies wie das Wetter in London. McNeal wurde nicht brutal erschlagen, sondern auch noch vergewaltigt. Warum musste ein junger Mensch sterben, damit ein Perverser sein Vergnügen hatte? Jim Laurel hatte keine neuen Erkenntnisse. Dennis Hopkins grübelte über seine Pension nach. Sollte wieder ein Fall als ungelöst auf seinem Schreibtisch landen? Nein, das durfte nicht sein, nicht dieser grausame Mord. Er musste noch, bevor er ging, den Mörder finden. Laurel und Hopkins besprachen das weitere Vorgehen. Keine Zeugen, keine Freunde des Mädchens. Was blieb da noch? Pater Watson? „Um Gottes Willen, das kann nicht sein...", dachte Jim. Am anderen Tag besuchten die beiden Beamten noch einmal Pater Watson, aber sie kamen nicht weiter. Wieder im Büro angekommen lag eine Nachricht für Hopkins auf dem Schreibtisch. Die Pathologie hatte sich noch einmal gemeldet. In den Resten des Schädels von Jane McNeal befand sich ein etwas dickerer

Holzsplitter älteren Datums. Das heißt, die Tatwaffe muss aus Holz gewesen sein. Das Holz selbst ist, so unglaublich es klingen mag, auf das 16. Jahrhundert datiert worden. Hopkins schoss etwas durch den Kopf, was er aber sofort wieder verwarf. „Nein, das geht nicht.", dachte er. Tom Watson hielt gerade eine Messe als Hopkins und Laurel in die Kirche traten und sich hinten auf die Kirchbank setzten. Alles wurde still. Aber die Beamten blieben sitzen und sagten kein Ton. Pater Watson wurde sichtlich nervös als er beide sah. Unauffällig leierte er seine Predigt herunter und setzte sich dann auf die hintere Bank zu den Polizisten. Wiedermal verlief das Gespräch ergebnislos und die beiden Beamten wussten wirklich keinen Rat mehr.

Im Büro angekommen analysierten beide noch einmal den Fall. Hopkins sprach: „Jim, lass uns mal ganz logisch und cool an die Sache herangehen." Jim antwortete verwirrt: „Wie meinst du das?" Hopkins erklärt: „Hast du in der Kirche das Kreuz gesehen, was über dem Altar hing? Ist dir denn nichts aufgefallen? Das Kreuz sah ganz schön ramponiert aus. Da fehlte ein gehöriges Stück." Hopkins rief in der Pathologie an und forderte schnellstmöglich die Lieferung des Holzstückes zu seinem Büro an. Seine Frau rief ausgerechnet jetzt an und machte ihm eine Szene am Telefon, dass er schon wieder so lange im Büro bleibe. Dennis wurde sauer. „Was denkst du denn, was ich hier mache verdammt nochmal? Ein junges Mädchen ist auf brutalste Weise ermordet worden und du keifst mich an! Nein, ich bleibe hier im Büro bis ich Klarheit habe. Wenigstens diesen Fall muss ich noch zu Ende bringen, bevor ich in Pension gehe.", sprach Watson zu seiner Frau. Damit war für ihn das Gespräch beendet. Inspektor Hopkins schlief vor Übermüdung an seinem Schreibtisch ein. „Hallo Dennis, guten Morgen.", rief Laurel. Hopkins schreckte hoch. „Jim, du glaubst nicht, welche Entdeckung ich heute Nacht gemacht habe.", sagte Hopkins. Dennis fuhr fort: „Du erinnerst dich an das Kreuz aus der

Kirche? Das Stück Holz was dort fehlt, könnte das Teil aus der Pathologie sein. Wir nehmen das Holzstück jetzt mit zu Watson."

Sie fuhren los. Bis zum Wohnhaus des Paters waren es wenige Kilometer. Watson war zu Hause. Er sah die beiden Polizisten und machte bereitwillig die Tür seines Landhauses auf. Der Pater glaubte immer noch mit einem blauen Auge davon zu kommen. Er war sich seiner Sache sicher.

„Der Tod des Mädchens trat zwischen 14 und 16 Uhr am Nachmittag ein. Um diese Zeit sind sie nicht in der Kirche oder ihrem Haus gewesen. Das ergaben unsere Nachforschungen.", erklärte Hopkins.

„Schön und gut, aber was wollen sie damit sagen?", fragte Watson. „Wir brauchen ein Alibi, lieber Pater. Wo waren sie? Außerdem ergab die Untersuchung der Leiche, dass Jane McNeal vergewaltigt wurde. Das Holzkreuz in der Kirche ist an der Unterseite zersplittert. Genau dieses Stück was dort fehlt, steckte im Kopf des Mädchens. Was sagen sie dazu, Watson? Jetzt bringt leugnen nichts mehr.", sprach

Hopkins. Erschrocken antwortete der Pater: „Ich.., ich... habe mit dem Mord nichts zu tun!" Er zögerte, aber fing schließlich an und erklärte, dass er Jane einmal in der Woche die Beichte abnahm. „Sie war attraktiv, auch für mich. Dann musste ich ihr einfach nachgehen, erschlug sie von hinten und vergewaltigte sie danach. Bitte nehmen sich mich fest, was ich tat war des Teufels. Ich will nicht mehr leben.", gestand. Jim Laurel rannte aus dem Haus, er musste sich übergeben. Das war zu viel für ihn.

Pater Tom Watson wurde lebenslänglich eingesperrt und starb im Alter von 80 Jahren.

Der gestohlene Mord

Auch an diesem Morgen begann Ella Smith
wie üblich mit einer neuen Geschichte für
ihr zweites Buch. Bislang schrieb sie
Liebesromane unter ihrem eigenen Namen.
Aber sie wollte einmal eine andere Richtung
einschlagen. Ellas Schreibtisch steht in
einem völlig zugestopften Raum. Sämtliche
Mitbringsel der letzten Jahre hob sie immer
auf. Von den vielen Lesungen, rund um die
Welt, brachte sie Erinnerungsstücke mit.
Jedes erinnert an einen Liebesroman. Sie
schaute sich die lieben Dinge an, und denkt
darüber nach, wie viele Paare sich in ihren
Romanen schon kennengelernt haben. Die
Geschichten hatten immer ein gutes Ende.
Sie bekam ihn und umgekehrt. Auf der
ganzen Welt spielen sich diese Liebeleien
ab. Ob die neue Reihe auch so erfolgreich
wird? Gedanken machte sich Ella Smith
schon darüber, welche Erinnerungen später
bleiben würden. Sie lachte über sich selbst
und dachte: „Mord, bleibt Mord und
Hauptsache der Täter wird dingfest

gemacht." Vom Schreibtisch aus, sieht sie auf den herrlichen See. Die Sonne blinzelt durch die Tanne. Von weitem sieht sie den roten Sportwagen ihres Neffen Stan heranfahren. Wie immer viel zu schnell. Der Junge bringt sich noch um, dachte Berta.

Berta hatte lange nichts von seiner Frau gehört. Etwas kriselte es ja immer in der Ehe. Ella legte das angefangene Manuskript zu den anderen Manuskripten in den Tresor. Wo bleibt er nur, fragte sich Berta. Sie warf einen Blick durch das Küchenfenster. Stans Sportwagen stand in der Einfahrt. Sie machte sich einen Kaffee und ging wieder in ihr Büro. Der Neffe kam und begrüßte sie mit einem großen Blumenstrauß. Ella sagte: „Gibt es etwas zu feiern?" „Ja, Tantchen, das kann man so sagen. Ich werde mit meiner Frau eine längere Reise antreten." Ella stellte die Frage: „Ist denn wieder alles in Ordnung zwischen euch?" „Ja, bestens", antwortete Stan.

Nach etwa einer Stunde verabschiedete sich Stan wieder. Beide waren guter Dinge für die Zukunft. Ella holte ihr Manuskript wieder aus dem Tresor und schrieb an ihrer Geschichte weiter.

Die Tage vergingen und Ella erhielt eine Urlaubskarte. Sie war froh, denn schließlich, ist Stan ihr einziger noch lebender Neffe. Irgendwann, wird er sie beerben. Die nächste Geschichte stand an. Ein Mord mit einem manipulierten Gasofen. Ähnliche Geschichten gibt es wohl schon, aber Ella konnte so lebendig schreiben, dass es Spaß machte ihre Bücher zu lesen.

Es schellte an der Haustür und sie machte auf.

Die Kriminalpolizei wollte sie sprechen. Behutsam, erklärte ein Beamter, dass es ein schlimmes Ereignis gegeben hat. Stans Frau erstickte bei einem Tauchvorgang. Die Obduktion ergab, dass sie an einer Überdosis Gift gestorben sei. Ein Stachel eines Rochens war das Übel. Stan sitzt zurzeit in Untersuchungshaft. „Das ist unmöglich. Mein Neffe kann es nicht gewesen sein." Der Beamte sagte: „Verdächtig ist nur, dass der Stachel des Rochen einen Schnitt aufwies. Der Stachel wurde einem toten Tier entfernt. Das Gift ist nach dem Entfernen immer noch wirksam. Aber wir können es nicht beweisen. Ella erschrak. Sie erkundigte sich bei dem Meeresbiologen Dr. Arndt Bernds welche Fische Menschen töten können. Es ist allerdings wenig bekannt, dass Rochen noch wirksames Gift in den Stacheln haben wenn sie tot sind. Hatte Stan doch etwas damit zu tun? Ella bekam eine Gänsehaut, wenn sie daran dachte. Sie hatte einmal einen Krimi geschrieben mit dem gleichen Inhalt, das heißt, es ging auch um einen Rochen, dessen Stachel noch wirksam war und jemanden umbrachte. Sie ging mit dem Beamten zum Tresor. Sie mussten feststellen, dass auf dem Manuskript Fingerabdrücke waren. Stan gestand schließlich den Mord und wurde zu lebenslanger Haft verurteilt. Der Schock saß

bei Berta sehr tief. Von nun an schrieb sie
keine Krimis mehr, sondern hielt sich an
ihre Liebesromane.

Die Falle

Mexico 1978. Irgendwo in einer kleinen
Stadt ereignete sich eine unglaubliche
Geschichte. Police Officer Ken Grendell
ermittelt in einem Drogenfall. In New York
war er Leiter der hiesigen Abteilung.
Grendell war ein gewissenhafter Fahnder,
der seine Arbeit in der Drogenabteilung
sehr ernst nahm. In seiner Freizeit ist er viel
mit seiner Familie unterwegs. Das braucht
er auch, denn sonst könnte er die vielen

Drogentoten, die er täglich sah, nicht vergessen. Alice, seine Frau, schenkte ihm eine wohlgeratene Tochter. Das größte Hobby der Familie war das Segeln. Jede freie Minute verbrachten sie an der Ostküste. Ken Grendell konnte immer schon während der Fahrt wunderbar abschalten. Das fröhliche und herzliche Lachen seiner Tochter half ihm schnell über die schlimmen Ereignisse im Job hinwegzukommen. Zu einem Tatort im Osten der Stadt wurde Ken gerufen. Am Tatort angekommen, sah Jim, Kens Kollege und Freund, zuerst die Leiche. Eine junge Frau, auf dem Bauch liegend. Eine Überdosis brachte sie um. Er drehte die Tote um und musste mit Entsetzen feststellen, dass es die Tochter seines Kollegen Ken war. Taumelnd stürzte er ihm entgegen. Er wusste nicht, wie er es ihm begreiflich machen sollte, dass die Tote seine Tochter war. Zu spät. Ken erkannte seine Tochter an ihrem Lieblingsshirt, mit dem Segelboot.

Mit einer Aufklärungsquote von 85% lag
Ken Grendell an der Spitze der Abteilung.
Das konnte Ken jetzt allerdings nicht
verarbeiten. Bei jeder Fahrt zu einem Tatort
unterhielten sich Gendell und Jim Clarkson
kaum, denn sie wussten schon vorher, was
sie erwartete. Leider hatten beide keine
Lösung für dieses Problem parat.

Officer Ken Grendell wurde vom Fall
abgezogen. Sein Freund Jim versicherte
ihm, alles zu tun um gegen das
Drogenkartell vorzugehen. Die Zeit verging
und die Trauer blieb. Ken verkaufte das
Boot und wurde versetzt. Aber man konnte
eigentlich nicht auf ihn verzichten, denn
seine jahrelange Erfahrung war sehr groß.
Nahe der Grenze zu Mexico wurde Ken nun
eingesetzt. Mit einer kleinen Truppe
ermittelte er nun an einer Schule. Ein
Schüler konnte genaue Angaben über einen
Hehler machen. Ein scheinbar einfacher
Fall, denn Kens neuer Partner Steve
erkannte schnell, wer dahinter steckt. Der
Hehler war flink gefunden. Ein junger Mann,

selbst abhängig. Er wollte studieren, gelang
dann aber in die falschen Kreise und kam
somit vom Weg ab. Ein Deal mit dem Officer
sollte ihm Strafminderung einbringen.
Grendell rechnete mit einem kleinen
Quartier der Drogenhändler.

Zwei Tage später war der Ort des
Hauptumschlagplatzes bekannt. Officer
Steve Miller studierte die Akten. Officer
Grendell wollte am Abend auf der
Heimfahrt sich einen genauen Überblick
verschaffen. Er bog mit seinem
Geländewagen von der Hauptstraße in eine
unscheinbare Nebenstraße ein. Plötzlich
stand er vor „Benson's Top Cars".
Inzwischen hatte auch Officer Miller eine
Spur. Er versuchte seinen Kollegen über
Polizeifunk zu erreichen. Ob es am Funkloch
oder am Gerät lag, er wusste es nicht. Er
konnte seinen Kollegen einfach nicht
erreichen. Der Geländewagen näherte sich
langsam dem ehemaligen Büro von
„Benson's Top Cars". Alles war verlassen.
Officer Grendell durchsuchte das Gelände.

Sein Nachtsichtgerät hatte ihm schon manchen Dienst erwiesen. Er konnte nichts Auffälliges entdecken. Hinter einem Zaun stand ein alter Jeep. Grendell erinnerte sich an seine Jugendzeit. Mit diesem Auto hatte er Alice kennengelernt. Er stieg in seinen Geländewagen ein und setzte die Fahrt langsam fort. Plötzlich strahlte ihn die alte Neonbeleuchtung des ehemaligen Autohofes an. Ein grelles Rot. Seine Augen taten ihm weh. Grendell war erschrocken. In diesem Augenblick brausten schwarze Limousinen auf ihn zu.

Männer mit Maschinengewehren stiegen eilig aus. Grendell duckte sich auf den Boden seines Autos. Auf einmal Schüsse, Explosionen und entsetzliches Gedröhne.

Er hatte Glück. Fast wäre er im Kugelhagel umgekommen. Irgendwann wurde es ruhiger. Officer Miller eilte herbei. „Alles ist OK?", fragte er. Miller fand die richtige Spur. Der junge Mann, der an der Schule Drogen verkaufte, war der Sohn eines lange gesuchten Drogen- Bosses. Der Tipp war also eine Falle. Miller sagte zu Grendell: „Es war die richtige Zeit zu stoppen." Grendell sagte, dass er vom Hellen, grellen Licht der Neonbeleuchtung geschockt war. Miller fand es auch äußerst eigenartig. Seit über 10 Jahren hatte dieser Stadtteil keinen Strom.

Officer Jim Clarkson, New York, fand heraus, dass die Tochter seines Freundes Ken nicht drogenabhängig war, als sie starb. Sie ist leider zum falschen Zeitpunkt, am falschen Ort gewesen. War sie jetzt zur richtigen Zeit am richtigen Ort.

Balkon zum Jenseits

Aus der Polizeiakte: „... Weiterhin konnte eine Manipulation nicht festgestellt werden. Der Fall ‚Tote auf dem Balkon', Aktenzeichen SD3-OG55SK7, wird hiermit geschlossen. Kriminalkommissar Gerd Schemberg, 06.05.2015 Stuttgart." Ja, dann ist es ja gut, das ist dann wohl die kürzeste Kurzgeschichte, die es je gab. Nun, im Ernst, da steckt viel mehr dahinter. Ich bin Journalistin und recherchiere über Internetmobbing, mein Name ist Beate Dresens vom Kurier. Über diesen Fall wurde viel berichtet, viel recherchiert, nicht nur durch die Kripo, sondern auch vom Bauamt. Aber irgendwie lagen alle etwas daneben. Damit will ich mich nicht größer machen, aber ich entdeckte da etwas. Alles begann wohl, so meine Recherche, im Juni 2014. Frank Alwendi, ein erfolgreicher junger Manager einer Produktionsfirma hier in Stuttgart, ersteigerte im Internet eine Eigentumswohnung. Man muss sich vorstellen, für 17.000 Euro. Also, ich bitte

Sie, liebe Leser, dafür gibt es gerade mal einen Kleinwagen, ohne Bett und Küche. Und fließendes Wasser nur im Motorkühler. Auf jeden Fall war der Haken daran, dass mindestens 125.000 Euro in die Renovierung fließen mussten. Eine neue Tapete und Gips reicht da nicht. Alwendi begann nun mit den Maßnahmen, zunächst der Fußboden und die elektrischen Leitungen. Die Fenster sollten im Zuge mit dem maroden Balkon als nächstes auf dem Plan stehen. Zwischen Balkon und Mauerwerk sah man einen zwei Zentimeter großen und etwa 120 Zentimeter langen Riss. Wasser drang ein, im Winter sprengte das Eis alles weiter auseinander. Der rechte Stahlträger war marode und rostete. In der Firma lief es, wie gesagt, für Frank sehr gut. Bis auf den Tag, an dem die zielstrebige Ilona Meiering vorstellig wurde und ihre Idee verkaufen wollte. „Es tut mir leid, Frau Meiering, aber wir können mit unseren Kunststoffen Ihre Idee nicht realisieren, sorry!", sagte Frank Alwendi. „Na dann vielleicht auf einen Kaffee?", entgegnete

Ilona Meiering. Reserviert und doch sehr höflich lehnte der Manager ab.

Heute wurden im Wohnzimmer neue Steckdosen verlegt. Frank hatte es eilig, den Zettel an der Windschutzscheibe steckte er beiläufig ein. Herrlich verchromte Teile ließ er sich einbauen, für mich als Frau war das wunderbare daran, trotz Verchromung, dass man keine Fingerabdrücke sah. Also einen Polizeibericht dürfte ich nicht schreiben, der wäre vier Mal so lang, wie der von Kommissar Schemberg. Ach ja, der eingesteckte Zettel. „Einen Sekt bei mir heute? Ich wohne unter Ihnen! Liebe Grüße Ilona." Frank ignorierte den Zettel, schließlich würde gleich seine Verlobte Angelika nach Hause kommen. Die Tage vergingen mit fleißiger Arbeit und Stuck-Arbeiten im Wohnzimmer. Von nun an klemmte jeden Tag ein Zettelchen unter dem Scheibenwischer. Ab jetzt kamen auch Anfragen in sozialen Netzwerken. Ab jetzt wurde Ilona sehr aufdringlich. In der Firma lief es weiterhin gut. Frank Alwendi sollte die Werksprodukte in China vorstellen, auch die Staaten waren sehr interessiert. Der Manager war durch seine Kompetenz, sein Benehmen und Aussehen bestens geeignet dafür. Ach ja, Angelika war die Tochter vom Chef, das musste ich noch erwähnen. Aber ich finde auch, dass Frank gut aussieht. Ich dürfte wirklich keinen Polizeibericht schreiben. Ein lange vergessenes Urlaubsbild sorgte dann für schlechte Laune. Ein Strandbild mit Svenja, das vor etwa drei Jahren aufgenommen wurde. Angelika und Frank waren seit zwei Jahren ein Paar. Svenja war eine Urlaubsduselei. Nur, auf dem Foto, war jetzt Ilona zu sehen, lediglich der Kopf, man wusste ja, was mit der Bildbearbeitung so alles möglich war. Zunächst war das Bild in den Netzwerken. Frank schaute nur gelegentlich hinein, aber die fast 2.600 User sahen und teilten es. Die Wohnung wurde für den Einbau eines Kamins vorbereitet. Frank sicherte die Balkontür mit einem Kindergitter ab. Jetzt konnte die Tür offenstehen, ohne dass der kleine Paul, Angelikas Sohn, auf dem maroden Balkon in Gefahr kam. Frank sah, dass der Eisenträger fast durchgerostet war, jetzt wurde es höchste Zeit für Erneuerung. Das manipulierte Urlaubsbild hing am anderen Tag an allen Bäumen in der Straße, klemmte an Autos, ja, es drang bis in die Firma vor, auch zu Angelika. Frank öffnete seine Seite im sozialen Netzwerk und sah die Bescherung. Das Konto war gehackt. Ilona führte praktisch einen Liebesdialog mit sich selbst in Franks Account. Löschen nutzte nichts mehr, der Schaden war zu groß. Angelika trennte sich von Frank, die Firma kündigte fristlos mit dem Grund: „Herr Frank Alwendi ist für die Firma Deg... und Co KG untragbar geworden." Es begannen Depressionen bei Frank Alwendi, sozialer Abstieg und Geldnot, aber das Stalking ging weiter. Frank versäumte es einfach, die Kripo einzuschalten. Der ehemalige Top-Manager war am Ende. Die ersten sonnigen Tage im April 2015. Ilona sonnte sich auf ihrem Balkon, es war Sonntag. Sie schlief ein, bemerkte den feinen Staub nicht, der von oben wehte, vom oberen Balkon. Dort nahm Frank eine Eisenstange der Monteure und drückte den maroden Balkon langsam und mit aller Kraft aus der Verankerung. Wie oben im Polizeibericht zu lesen war, konnte Kommissar Schemberg nur einen traurigen Zufall erkennen und keine weiteren Spuren finden. Eine junge Frau war im falschen Augenblick am falschen Ort.

Botschaft aus dem Jenseits

Wie in jeder Ehe, so hatten auch Joachim und Elke Höhen und Tiefen. Beide wurden vor dem zweiten Weltkrieg geboren. Beide erlebten das Donnern der Bomben. Elke versteckte sich dabei immer im Keller des Hotels Kaiserhof. Ihre Großeltern bewirtschaften das Hotel. Hier wurde Elke auch geboren und lebte bis zur Studienzeit in ihrem kleinen Zimmer in der obersten Etage. Joachim war etwas jünger als Elke. Beide verliebten sich in den 1970-er Jahren ineinander. Elke hatte aus erster Ehe eine Tochter. Für Elke und Joachim begann ein neuer Zeitabschnitt. Joachim hätte gern Elkes Tochter adoptiert, aber dies wollte sie auf keinen Fall. Leider war Carola sehr eifersüchtig. Sie bestand darauf, in ein Internat aufgenommen zu werden. Elke und Joachim bewohnten ein kleines Reihenhaus, ließen Carolas Zimmer immer unberührt, denn vielleicht würde sich die Eifersucht irgendwann legen. Wie gesagt, es gab Höhen und Tiefen, so auch bei Elke und Joachim, aber es überwogen nach vierzig Ehejahren doch die Höhen. Beide wirkten perfekt aufeinander abgestimmt. Wortlos verstanden sie sich. Was aber nicht bedeutet hätte, dass sich beide nichts mehr zu sagen hatten, im Gegenteil, über alle Themen konnten sie stundenlang diskutieren. Mit der Zeit entstand eine tiefe

Seelenliebe. Nichts, aber wirklich nichts,
konnte sie aus dem Sattel heben. Alles
bewerkstelligten sie gemeinsam. Beide
kannten sich in- und auswendig. Eines Tages
erkrankte Elke. Sie hatten bereits damit
gerechnet, dass es geschehen könnte, denn
in Elkes Familie erkrankten viele an
Demenz. Immer und immer wieder
kämpften sie dagegen an. Joachim
trainierte Elkes Erinnerungen täglich bis zu
zwei Stunden. Ob Kreuzworträtsel,
Urlaubserinnerungen, Diskussionen, einfach
die gesamte Bandbreite durch. Der
behandelnde Arzt bestätigte, dass auf diese
Art und Weise wohl eine Verschlechterung
der Krankheit um zwei Jahre verschoben
werden könnte. Und das bedeutete mehr
Lebensqualität. Joachims Einsatz wuchs.
Auch er wurde krank, es war der Rücken.
Joachim lebte nun nur noch mit
Schmerztabletten, aber sein Einsatz wurde
deshalb nicht weniger. Im Gegenteil, denn
Elke wurde immer träger. Carola
beobachtete diese Situation akribisch. Und
es kam der Tag, an dem sie zuschlug.

Joachim musste zu einer Untersuchung, Elke war allein zu hause. Carola stürmte mit ihrem Ehemann die Wohnung und beide schleppten Mutter Elke unter den Armen aus dem Haus. Joachim fand nur einen Zettel auf dem Küchentisch. Man wollte Mutter Elke untersuchen lassen, da man vermutete, dass Joachim sie gezielt um die Ecke bringen wollte. Joachim brach zusammen. Es war nicht mehr möglich, einen Kontakt zu seiner Frau herzustellen. Drei Monate vergingen, mittlerweile war Joachim psychisch sehr krank geworden. Bei jedem Geräusch im Haus rief er: „Elke, ich komme sofort zu dir!" Aber Elke war nicht da. Eigenartige Dinge geschahen im Haus. Dinge, die niemand erklären konnte. Die noch eingelegte Lieblings-CD von Elke startete in der Nacht automatisch. Geräusche, wie Joachim sie von Elke kannte, hörte er zu allen Zeiten. Er war immer wie versteinert, wurde schlapper und lustloser. Das Leben wurde ohne Elke sinnlos. Den Haushalt übernahm an einem Tag in der Woche Joachims Schwester. Sie kaufte ein und sorgte für Sauberkeit im Haus. Beide unterhielten sich immer wieder über den Vorfall. „Halte mich nicht für verrückt, aber ich spüre Elke deutlich hier im Haus. Es geht ihr nicht gut. Sie verlässt immer mehr ihren Körper", sagte Joachim oft. Joachims Schwester versuchte ihrem Bruder zu glauben. Eines Morgens sagte sie zu Joachim: „Du hast heute Nacht im Schlaf gesprochen. In einer anderen Stimmlage fragtest du ‚Wo bist du?'. Wenn ich das noch einmal höre, nehme ich es auf mein Diktiergerät auf." Joachim sagte darauf: „Siehst du, Elke versucht Verbindung aufzunehmen. Sie ist hier um uns herum, ich weiß es, ich spüre sie, wir sind eins." Tatsächlich passierte es noch weitere Male. Und dann kam die Nacht der Erkenntnis. Mit fremder Stimme fragte Joachim: „Wo bist du? Ich habe Gerd getroffen. Gerd wurde von unserer Tochter Carola umgebracht. Als Gerd sich von mir trennte, duldete Carola das nicht und vergiftete meinen damaligen Mann. Carola ist krankhaft eifersüchtig. Wo bist du?" Mit

dieser Aufnahme gingen Joachim und seine
Schwester zur Kripo. Hier rollten die
Beamten den Tod von Gerd Krömer neu auf.
Carola verstrickte sich bei der Befragung in
Widersprüche und gestand die Tat
schlussendlich. Der Aufenthaltsort von
Mutter Elke wurde bekannt und Joachim
konnte seine Frau wieder zurückholen. Elke
war bereits sehr geschwächt. Trotzdem
sagte sie mit klarem Verstand und klarer
Stimme: „Ja, hier bei dir bin ich zu Hause.
Hier fühle ich mich wohl." Beide konnten
noch ein wenig Zeit miteinander verbringen.
Es war fünf vor zwölf, aber auch die letzten
fünf Minuten im gemeinsamen Leben
waren sehr wichtig.

Das Medium

Mit täglich fünf Kunden rechnete Josefine Krodell. Ihr Arbeitsraum im eigenen Haus war dunkel eingerichtet. Überall waren Kerzen und Symbole aufgestellt. Auf dem runden Holztisch stand eine Glaskugel. Rechts daneben lagen Karten. Josefine war Medium. Ihre Kunden konnten Fragen stellen, Josefine stellte einen Kontakt zur geistigen Welt her und Antworten standen sofort an. Es ging so schnell, dass Josefine erst gar nicht auf die Idee kommen konnte, irgendetwas zu manipulieren. Kunden stellten auch oft nur Testfragen, aber bei richtiger Interpretation hatte Josefine eine Trefferquote von 98 Prozent. Josefine Krodell war verheiratet und Mutter eines Sohnes. Bereits in ihrer Jugend sah sie außergewöhnliche Bilder vor ihrem geistigen Auge. Ungewöhnlich war auch, dass metallische Teile von ihrem Oberkörper regelrecht angezogen wurden und kleben blieben. Heute gab sie ihre Wahrnehmungen gern, gegen einen wirklich kleinen Beitrag, an ihre Kunden weiter. Irgendwie muss sie den richtigen Weg gefunden haben, denn ihre Kundenzahl wuchs und wuchs. Ihr Mann Norbert und ihr Sohn Max haben eine ganz besondere Leidenschaft, die Josefine nur bedingt teilte. Zum einen war es eine riesige Autorennbahn auf dem ausgebauten Dachboden; Favorit von Max war dabei der Ferrari von Michael Schumacher. Außerdem sammelten beide „Männer" im Haus noch Compact-Cassetten. Max war ganz besonders angetan von Abenteuer-Kassetten, der Vater sammelt die ersten Bänder der Welt ab dem Jahr 1963. Heute kam per Post wieder ein Päckchen mit zwei Kassetten. Max war noch in der Schule und Norbert in der Firma. Josefine nahm das Päckchen entgegen und packte es aus, um die beiden Bänder auf den Mittagstisch zu legen. Die Kassetten stammen von einem Händler nahe Nürnberg. Das Mittagessen brauchte noch etwa vierzig Minuten. Josefine setzte sich auf den Küchenstuhl, nahm eine Kassette in die Hand und schloss die Augen. Es war eine Jugend-Kassette, Fünf Freunde, aus dem Jahr 1975.

Allmählich sah Josefine verschwommene Bilder, dann wurden sie schärfer und schließlich sogar farbig. Sie sah, wie der kleine Bernd fröhlich aus Papas neuem Audi 100 stieg und in sein Zimmer stürme. In der Hand hielt er die brandneue Hörspiel-Kassette. Bernd legte die Kassette sofort in seinen Compact-Cassetten-Recorder ein. Ganz gespannt saß er nun auf seinem Bett und hörte die Geschichte von der Schatzinsel, auf der fünf Freunde ihre Erlebnisse hatten. Bernd hörte nicht, dass seine Mutter bereits zum vierten Mal zum Essen gerufen hatte. Plötzlich ging die Kinderzimmertür auf und da stand Mutter nun. Na, dachte Josefine: „Das ist ja wie bei Max so. Es wiederholt sich doch alles im Leben." Josefine stand auf und holte den Braten aus dem Ofen, in zwanzig Minuten würden ihre Männer eintreffen. Sie setzte sich wieder an den Küchentisch und betrachtete die andere Kassette. „Oh, endlich mal etwas für mich, ‚Twist im Star

Club', eine Philips Kassette aus dem Jahr
1965", sagte Josefine so vor sich hin.
Wieder sah Josefine alles ganz deutlich. Die
Musik spielte sehr laut. Zigarettenrauch
machte das Wohnzimmer nebelig. Sie sah
einen Wohnzimmerschrank in Palisander.
Der Fernseher zeigte Schwarzweiß-Bilder.
Darüber hing ein Kalender, der das Jahr
1966 anzeigte. Josefine sah alles aus den
Augen einer auf der Couch sitzenden
Person. „Gefällt dir die Kassette, Kurt?",
fragte diese Person. Auf dem Tisch standen
ein Käse-Igel und diverse Flaschen, wie
Wein und Wodka. Ein Mann kam in den
Raum, die Zigarette in der Hand, er war
wohl angetrunken, hatte auffällige
Tätowierungen am Arm. Er setzte sich
ebenfalls auf die Couch. „Komm, Mädchen,
sei nicht so zickig!", lallte der Mann. Für die
Person, aus dessen Sicht Josefine alles sah,
wurde es nun sehr ungemütlich. Es
handelte sich um Beate Kramer. Josefine
sah sogar ihren Ausweis, als Beate in ihrer
Handtasche den Lippenstift suchte. Der
Mann vergewaltigte Beate und erschlug sie

dann mit der Wodka-Flasche. Überstürzt lief der Mann aus der Wohnung. Im Hausflur begegnete er Kurt, der aus dem Automaten um die Ecke Zigaretten ziehen wollte. „Na, Gerd, wieder zu tief ins Glas geschaut? Ich habe heute Besuch von meiner neuen Flamme Beate!", sagte Kurt. Wortlos verließ Gerd das Gebäude. Josefine bekam einen Weinkrampf und sie schrie laut. „Schatz, was ist passiert!", fragte ihr Mann Norbert, der soeben in die Küche kam. Max kam hinzu. „Max, gehe bitte in dein Zimmer, hier ist deine Kassette, Mami hat sich wohl am Kochtopf verbrannt", sagte der Vater zum Sohn. Stunden später machte Josefine eine Aussage bei der Kripo. Tage später erhielt sie den Bescheid, dass der Mord aus dem Jahr 1966 an Beate Kramer nie aufgeklärt wurde. Kurt Degenhardt war zwar der Hauptverdächtige, aber seine Fingerabdrücke passten nicht zur Mordwaffe, der Wodka-Flasche. Kurt war beim Anblick seiner zukünftigen Frau so geschockt, dass er die Begegnung mit Gerd im Hausflur völlig vergaß. Jetzt wurde der mittlerweile 70-jährige Mann noch einmal vernommen und nach einem Mann mit auffälliger Tätowierung auf dem Arm gefragt. Er erinnerte sich an seinen Nachbarn Gerd Segmüller. Mord verjährte nie. Der 75 Jahre alte Gerd Segmüller wurde danach verhaftet. Josefine erholte sich nur langsam von dem Erlebnis. Sie war noch lange in Behandlung. Ihre Gabe, Medium zu sein, verlor sie. „Sie sollte sich wohl nur noch ganz auf ihre Familie konzentrieren", meinten ihre Kunden, die sehr traurig über das Geschehene waren.

Der letzte Tee

Nun saß er in seinem geliebten Lehnstuhl, trank dabei einen heißen Tee. Earl Grey war sein Lieblingstee, so wie er jeden Tag von

Josefine, seiner Hausangestellten serviert wurde. Sein Blick richtete sich auf den See. Er sah auf seine Yacht, einige Million Euro wert. Der Garten des herrlichen Anwesens war wunderbar gepflegt. Der Duft der Rosen drang bis zu ihm und ließ den Tee noch besser schmecken. Ein Mann, der in seinem Leben alles erreicht hatte, 67 Jahre alt, eine schöne Zeit wartete noch auf ihn, auf Herrmann Degrothe. Sein Imperium baute Degrothe mit eiserner Hand auf. Sehr schnell ging es bergauf, er diktierte, wo es langging. Mit seiner ersten Frau hatte Herrmann Degrothe zwei Kinder; Frank und Georg. Schon sehr früh erklärte er ihnen den Erfolgsweg des Geldes. Degrothes Ehefrau Sonja, also die aus erster Ehe, denn jetzt war er ja mit Barbara verheiratet, hätte die Söhne lieber auf den Weg der Güte, der Liebe und der Ehrlichkeit geschickt. Aber Herrmann setzte sich durch. Nun saß also Herrmann Degrothe vor dem geöffneten Fenster, trank seinen Tee und erfreute sich an den Rosen, besser, an seiner Jacht, nein, er erfreute sich an seiner

Macht. Macht, die er auf Geschäftspartner, auf Angestellte, ja, sogar auf seine Familie ausübte. So schrieb es Sonja in einem Abschiedsbrief, den sie ihrer Schwester Barbara heimlich zukommen ließ. Herrmann Degrothe hatte von Anfang an vor, dass Sonja nur Kinder gebären sollte, am besten vier Jungen. Nach dem zweiten Kind ließ sich Barbara sterilisieren, das war ihr Tod. Systematisch tyrannisierte Herrmann seine Frau. Jeder Tag wurde für Barbara zur Qual. Frank und Georg wurden angehalten, mehr aus den Geschäften herauszuholen. Für einen Hungerlohn zwang ihr Vater sie, erfolgreich zu sein und zu betrügen. Am Anfang des Geschäftslebens, als Barbara noch an Liebe dachte, schien alles gut zu laufen. Beide schrieben frühzeitig ihr Testament. Übertrugen alles gegenseitig. Herrmann war auch noch einverstanden, dass im Falle eines Versterbens von beiden, die zwanzig Jahre jüngere Barbara als Erbin eingesetzt würde. Das lag nun alles vierzig Jahre zurück. Vor drei Jahren kam Sonja bei einem Unfall ums Leben, zumindest stand es so in den Polizei-Akten. Das Ehepaar Degrothe kam auf ihrer Jacht in ein Unwetter, Herrmann kehrte allein zurück. Spekuliert wurde bis heute. Barbara kam zur Trauerfeier aus Rom in das Haus ihres Schwagers. Ihre kleine Wohnung konnte sie ohne weiteres ein, zwei Wochen allein lassen. Anhang hatte die hübsche junge Frau nicht. Sie trauerte im Haus der Degrothes. Bereits am zweiten Tag veränderte sich Barbara. Sie wurde schlapper, lustloser und müder. Herrmann war sehr zuvorkommend, verwöhnte sie mit köstlichem Tee. Die junge Frau ahnte nicht, dass sie mit Drogen vollgepumpt wurde. Bereits nach drei Monaten zwang Herrmann sie zur Heirat. Völlig willenlos sagte Barbara leise „Ja" zum Standesbeamten.

Man könnte denken, das damals verfasste Testament ließe sich doch einfacher aus dem Weg räumen. Nein, daran dachte Herrmann nicht mehr, er wollte die junge Frau als Eigentum, als Hörige. Mittlerweile flüchteten Frank und Georg aus den Firmen

und der Macht des Vaters. Dem Druck
hielten sie nicht mehr stand. Frank erfuhr,
dass bei einem Immobiliengeschäft sein
Vater einen Mitkonkurrenten aus dem Weg
räumen lassen hatte. So gierig wurde
Herrmann Degrothe im Laufe der Zeit.
Heute arbeitete Frank als Buchhalter, Georg
als Steuerberater. Natürlich in einem
anderen Land. Wo genau, das wusste
niemand. Barbara ereilte eine Hautallergie,
eine unangenehme Sache, denn es juckte
schrecklich.

Geistesgegenwärtig stellte sie ihre Nahrung
um. Von nun an trank Barbara viel Wasser
und aß nur trockenes Brot. Nach vier
Wochen fühlte sie sich wie neu geboren.
Herrmann verwöhnte sie wieder mit Tee, in
den er die Drogen mischte. Nur durch Zufall
bemerkte Barbara das Röhrchen mit dem
weißen Pulver. Gab es noch mehr davon?
Barbara durchsuchte das Haus. Sie wurde
fündig. Das Pulver schmeckte leicht bitter,
außerdem hatte sie ein betäubendes Gefühl
auf der Zunge. Was sollte Barbara nun tun?

Neuerdings war die Eingangstür verschlossen, vor den frei herumlaufenden Rottweilern im Garten hatte sie Angst. Josefine war ihre Rettung. Barbara setzte sich an den Schreibtisch ihrer verstorbenen Schwester, suchte Papier und Schreiber. Eine Kopie des Testaments lag unter allen Papieren, sowie eine Nachricht an Barbara. „Wenn du das liest, liebe Schwester, dann bist du so verzweifelt wie ich es war. Ich wollte einen Abschiedsbrief schreiben, dachte dann aber, warum soll ich mein Leben opfern. Ich wollte das Schwein umbringen..." Die ganze Lebensgeschichte war notiert, alles, aber auch wirklich alles kam ans Tageslicht. Aber, der letzte Satz war beängstigend: „Geh nicht zur Polizei, das Schwein lässt dich umbringen, er hat Mittelsmänner. Er ließ mich auch ständig überwachen. Bring das Schwein um und lebe mit dem Vermögen mit meinen geliebten Söhnen in Frieden. Bitte spende etwas an ‚Frauen in Not' und ‚Menschen mit Drogensucht', du wirst es schon richtig machen. Deine Schwester Sonja." Herrmann saß immer noch auf seinem Lehnstuhl, blickte zur Jacht, genoss seinen Einfluss und seine Macht. Langsam schloss er die Augen, das Gift wirkte. Dieses Mal hatte er etwas im Tee. Dr. Dresen stellte lediglich einen Herzinfarkt fest.

Die Uhr tickt

Der ins Alter gekommene Rechtsanwalt Heinrich Böllinghausen bot seinen Mandanten und Freunden einen besonderen Service an. Böllinghausen hatte so gut wie keine Aufträge mehr, was ihm völlig egal war, denn er war bestens abgesichert. Gern saß er aber in seinem Büro, las die Tageszeitung und genoss um 12 Uhr 30 sein Mittagessen im Restaurant „Zum Krug". Sein Safe war nicht mehr gefüllt, keine Akten waren mehr zu archivieren, alles war entsorgt. Gegen einen kleinen Beitrag von zehn Euro im Monat, konnten jetzt ehemalige Mandanten und Freunde einen Schuhkarton mit ihren Habseligkeiten darin deponieren. Böllinghausen war ja immer vor Ort, sogar an vielen Wochenenden, es erwartete ihn zu Hause auch niemand mehr. Die beiden Söhne hatten ihre Kanzlei in weit entfernten Städten und seine Frau war seit nun genau 8 Jahren verstorben. „Mein Name ist Mike Gehldorf, es empfahl Sie Herr Gerhard Wenninger, er war einmal Mandant bei Ihnen. Es ging um Erbrecht und so", Herr Gehldorf, ein etwa 35 Jahre alter und gepflegter Mann stellte sich bei Rechtsanwalt Böllinghausen vor. „Das ist ja nett, aber ich praktiziere nicht mehr", sagte

Böllinghausen. „Nein, nein, ich möchte etwas bei Ihnen deponieren. Ich bin Goldschmied, müsste täglich an meine Sachen. In meinem neuen Geschäft wird erst in etwa drei Wochen ein Tresor eingebaut!" Beide einigten sich auf eine Aufbewahrungszeit von maximal vier Wochen. Gehldorf prüfte eingehend den Safe und die Kanzlei. Zwei Straßen weiter wartete Dirk Bosner auf Mike Gehldorf in seinem alten angerosteten Golf. Gehldorf im gepflegten Zwirn in einem in die Tage gekommenen Golf? Nun, sie und zwei weitere Männer hatten es lediglich auf Böllinghausens Tresor abgesehen, mehr nicht. Eine erfahrene Verkäuferin aus einem Bekleidungsgeschäft hätte sofort die abgewetzten Stellen an Jackett und Hemd bemerkt. Für einen Goldschmied mit großen Umsätzen bestimmt nicht tragbar. Die beiden anderen in der Ganovenrunde kannten sich mit dem Bau von Bomben aus. „Die Tür zur Kanzlei ist leicht zu knacken. Am Nachmittag, vor unserem Bruch, lege ich die Haustür des Geschäftshauses lahm.

Kurt, kümmere dich mit Toni um die Bombe. Wie habt ihr das eigentlich genau vor?", fragte Bosner. „Wir werden zwei Bomben bauen. Beide mit Zeitzünder, beide sind mit Atomuhren bestückt. Eine der Bomben wird an unserem Golf montiert und eine Straße weiter geparkt, mit der anderen sprengen wir den Safe", so Toni. „Klingt perfekt. Alle sind mit dem Auto beschäftigt. Ich habe uns einen BMW günstig erstanden. Bis zur Grenze wird er es schon schaffen, er ist bereits vollgetankt, randvoll!", sagt Mike. Der große Tag kam, die bis ins Detail durchdachte Idee wurde umgesetzt. Samstag, 17 Uhr: Bosner blockiert mit Zange und Schraubendreher die Geschäftstür. 17 Uhr 10: Gehldorf umkurvt den Block, bis er direkt vor dem Geschäftshaus einen Parkplatz für den BMW findet. Toni platziert bereits den Golf in der Nachbarstraße. Der Herbst zeigte seine dunklen Tage, um 19 Uhr 40 betreten alle das Geschäftshaus. Tatsächlich ließ sich die Tür zur Kanzlei leicht aufbrechen. Die Bombe wurde am Tresor platziert. „Wie lange noch, Toni?", fragte Bosner. „Noch etwa acht Minuten, gehen wir in Deckung!", so Toni. Sie verschanzten sich im Nachbarraum. Hier standen schwere Metallregale mit alten Akten die auf den Reißwolf warteten. Drei, zwei, eins ... ein Knall war zu hören. Der Golf stand in Flammen. Die Bombe am Tresor versagte. Warum auch immer! „Los raus hier, nimm die Bombe mit, Toni!", schrie Bosner. Sie warfen sich in den BMW und kratzten die Kurve. „Verdammt, die Atomuhr hat den Kontakt zum Sender verloren, steht auf Sommerzeit! Verdammt!", ärgert sich Toni. In den Nachrichten war zu hören: „Autobahn BAB 52 in Richtung Holland explodierte bislang aus unbekannten Gründen ein PKW. Die vier Männer kamen dabei ums Leben!"

Ein schickimicki Mord

Im noblen Vorort von München ist in der Schickimicki-Szene ein reicher Mann um die Ecke gebracht worden. Nicht weit vom Tatort fand Kommissar Schrammel eine Brieftasche eines Mannes. Bei der Vernehmung auf der Polizeiwache in der Beethovenstraße verstrickte sich der Mann in Widersprüche und wurde so zum Verdächtigen. Zwei Stunden später knickte der Verdächtige ein und wurde zum Täter. Die Akte Mord ZX3B2015 konnte schnell geschlossen werden. „Na ja, wer Schussknecht heißt, ist ja eigentlich schon bestraft genug, jetzt bringt er auch noch jemanden um!", sagte Schrammel. „Schussknecht?", fragte Kommissar Hans Brückl. „Da hatte ich einmal einen Fall, das muss bestimmt 25 Jahre her sein. Der Fall wurde nie gelöst. Mich erinnert aber der seltsame Name daran. Lasst es euch schmecken. Heut hat sich der Koch Hubert mal Mühe gegeben." Schrammel darauf: „Stimmt! Aber was kann Hubert bei

Semmelknödeln schon falsch machen?" Alle grinsten sich an und stimmten zu. Tage später liefen sich die beiden Kommissare wieder über den Weg. „Hast' den Fall Schussknecht schon abgeschlossen, Herr Kollege?", fragte Brückl. „Ist erledigt, ging ja alles fix!", sagte Schrammel. „Komm' morgen mal in mein Büro, wir gehen die Akten von vor 25 Jahren durch", so Brückl. Beide saßen mit einem Wurstbrot am Schreibtisch und studierten die alten Akten. Es war am 15. August 1990, als man in einem Waldstück eine tote Frau fand. Es lag ein Abschiedsbrief neben ihr, aber auch ein Weidenkorb mit einem Neugeborenen darin. Die Frau hieß Anna Schussknecht.

Es deutete wirklich alles auf Selbstmord hin. Der Vater des kleinen Franzl konnte nie ermittelt werden. Man stellte lediglich fest, dass die Tote zu einem Trio gehörte, die Einbrüche verübte. Ihre Fingerabdrücke fand man in den Wohnungen der Geschädigten. Mindestens zwei Männer waren noch beteiligt. „Hier ist noch eine

Liste der gestohlenen Objekte", sagte Brückl. „Ist das Haus des Ermordeten schon freigegeben?" „Nein, lasse es uns noch einmal aufsuchen", sagte Schrammel und hatte eine Vermutung. Beide fuhren zur Wohnung des Ermordeten und begannen mit der Durchsuchung. „Was vermutest du, Herr Kollege?", fragte Brückl. „Das wird alles kein Zufall sein, schau' dir mal dieses Ölgemälde an", so Schrammel.

„Tatsächlich, es steht auf der Liste!", sagte Brückl erstaunt. Beide durchsuchten das Haus in der Schickimicki-Szene nun genauer, stellten alles auf den Kopf. Sie wurden fündig. Ebenfalls fanden sie ein Testament. Als Erben waren zwei Männer eingesetzt: Franzl Schussknecht und der Huber Karl. Am nächsten Tag beriefen die Kommissare eine Sonderkommission. Zwei Kollegen observierten den Verdächtigen Huber. Zwei weitere Kollegen und Kolleginnen suchten die noch lebenden Geschädigten der Einbruchserie auf. Auch die Versicherungen wurden informiert. „Der Durchsuchungsbefehl für Huber liegt vor!", rief Schrammel in die Runde. „Dann fahren wir gleich los", freute sich Brückl. „Vielleicht wird mein Fall nun nach fünfundzwanzig Jahren gelöst!" In der Wohnung des Verdächtigen Schrammel fanden die Beamten tatsächlich weitere Funde der damaligen Räuberei. Auch hier lag im Schreibtisch ein Testament mit den eingesetzten Namen: Franzl Schussknecht und Herbert Müller, in der Schickimicki-Szene bekannt als Gold-Herbie. Karl Huber wurde festgenommen. „Herr Kollege, der Franzl muss doch ein Motiv gehabt haben? Er ist als Erbe eingesetzt, nun fliegt alles auf. Da stimmt doch etwas nicht", sagte Brückl. Die Kommissare stellten Huber und Schussknecht gegenüber. Sie ließen beide erst unbeaufsichtigt, aber das Mikrofon war eingestellt. „Sag nichts, Franzl, ich erkläre dir alles später", flehte Huber. „Aber ich habe doch das Richtige getan", entgegnete Franzl Schussknecht. „Er hat doch meine Mutter getötet." Nach langen Verhören stellte sich heraus, dass Anna Schussknecht reinen Tisch machen wollte. Nachdem

Franzl auf die Welt kam, gab es nur noch eines für sie, Familiengründung und die erbeuteten Sachen zurückzugeben. Dabei wusste sie nicht, wer genau der Vater von Franzl war, Herbert Müller oder Karl Huber. Die beiden Männer wussten es auch nicht. Nur durch einen dummen Zufall erfuhr Franzl Schussknecht, dass es sich nicht um Selbstmord, sondern um Mord gehandelt hatte. Im Rausch des Alkohols sagte Huber: „Ich habe deine Mutter geliebt, aber Herbert brachte sie einfach um, als sie reinen Tisch machen wollte." Beide gestanden ihre Taten. Eine Analyse ergab, dass Franzl der Sohn von Herbert Müller war. Das war Franzl Schussknecht aber völlig egal. Verständlicher Weise.

Ein Toter wird reden

Inspektor Blake arbeitet schon lange im Stadtteil Kensington. Er hatte sich vor einigen Jahren hierher versetzen lassen. Vorher wohnte er in Waterloo- London Bridge. Dass er nach Kensington versetzt wurde, war ihm nur recht. Irgendwie liebte er diesen Stadtteil, da hier viele Persönlichkeiten wie zum Beispiel Freddy Mercury oder Newton und auch die berühmte Schriftstellerin Virginia Woolf lebten. Kensington war sehr belebt, die Bevölkerung wuchs ständig. Aber auch die Kriminalität. Inspektor Henry Blake war im besten Alter und hatte noch einige Jahre zu arbeiten. Kein Problem, denn er liebte seinen Beruf. Da er keine Familie hatte, konnte er täglich Überstunden machen und sich gänzlich seinem Job widmen. Eine Heirat hatte er immer als Ballast empfunden. Dagegen war sein Assistent Tom Sidney glücklich verheiratet. Zwar kinderlos, aber das war ihm egal. Na ja, jedenfalls tat sich einiges in der

Verbrecherbekämpfung. Die beiden Polizisten hatten alle Hände voll zu tun. Sie liebten ihren Job, obwohl es immer schwieriger wurde gegen dieses grausame Morden vorzugehen.

Am Morgen des 12. Dezember 1991, sie fuhren gerade durch den Stadtteil Streife, sprang das Funkgerät im umgebauten Austin FX4 an. Der Wagen diente einst als Taxi. Tom Sidney und Henry Blake erschraken wie jedes Mal, wenn das schrille Dröhnen aus dem Gerät drang. „Dieses verdammte alte Ding, schimpfte Tom, da kriegt man ja einen Infarkt." „Hallo, Ihr zwei Gauner", hörte man am anderen Ende der Leitung eine angenehme Frauenstimme rufen! Henni war eigentlich schon in Rente, aber mit ihren 70 Lenzen noch geistig auf Zack. Die Firma riss sich um sie und Henni machte gerne ihren Job. Sie war froh, noch gebraucht zu werden. Gelassen sprach sie weiter mit ihrer noch recht jugendlichen Stimme: „In der Kings Road liegt ein Toter an einem Wasserhydranten, beeilt euch."

„Klar Henni, machen wir doch glatt Süße", rief Blake durch das Mikrophon!" Sie rasten, was das Fahrwerk des alten Austin her gab los. „Gibt es hier in dem verdammten Stadtteil auch mal Tage, an denen nicht gemordet wird!", rief Tom Sidney fast ungehalten. „Ich glaube kaum", stöhnte Henry. Am Tatort angekommen, sprangen sie aus dem Wagen und handelten schnell. Der Tote war etwa 1,80 groß, laut seinem Ausweis 75 Jahre alt. Er war außerdem sehr elegant gekleidet. Der alte Herr trug eine Melone, die wohl während des Falls etwas verrutschte und ihm schon fast lustig anzusehen, im Gesicht hing. Der Mantel, den er trug, war aus feinstem Kamelhaar gearbeitet. „Also wie man vermuten konnte, kein armer Mann", sagte Inspektor Henry Blake zu Tom Sidney. Justus Hoffmann, war ein deutscher Geschäftsmann, der vor Jahren nach London kam, um hier die Firma seines verstorbenen Bruders, samt seiner eigenen Firma weiterzuführen. Blake erfuhr am Telefon, dass Justus heimlich mit Waffen handelte und seine Geschäfte weit bis über den Globus bekannt waren. Er lebte schon lange in London – so erfuhr man – und machte hier unentdeckt seine Nebengeschäfte. Aber wer hatte Interesse, ihn zu töten und warum? Vor allen Dingen, wie brachte man ihn um? Der Tote verbreitete einen recht unangenehmen Gestank. „Eigentlich ungewöhnlich für einen gerade Ermordeten", sagte Tom. Sie riefen einen Leichenwagen. der den Toten sofort zur Untersuchung in die Obduktion brachte. Die Inspektoren fuhren zurück in ihr Büro und warteten auf Ergebnisse. Die Zeit verging und langsam wurde Henry unruhig. „Mann, das zieht sich heute aber wie Kaugummi hin. Möchte wissen was die alles untersuchen." Weitere Stunden später klingelte endlich das Telefon. Henry nahm den Hörer ab und wartete gespannt auf Informationen. „Reden sie schon Doktor, was haben sie herausgefunden?" Zunächst war Stille am anderen Ende der Leitung. „Tja, was soll ich sagen", sprach der Arzt von der Leichenbeschau. „Der Mann weist keinerlei Spuren eines Kampfes auf. Keine Einstichstellen, keine Würgemale, keine Einschusslöcher. Nichts." „Ja danke. Und wie soll es weiter gehen?" „Wir müssen solange suchen, bis wir wissen, wie er ums Leben kam, Inspektor. Das wird einige Zeit dauern, bitte noch Geduld." „Danke Doktor", antwortete Blake, „wir haben ja eh nichts zu tun. Bis die das von der Pathologie rausbekommen haben, ist die Leiche verfault", witzelte der Inspektor. Die Tage vergingen und nichts tat sich. Eines Morgens meldete sich Dr. Braun: „Hallo Leute, es kann weitergehen. Im Fall Opa 75 haben wir ein unglaubliches Ergebnis vorzuweisen." Inspektor Blake wurde ungeduldig: „Jetzt rücken sie endlich raus mit der Sprache, Doktor!" „Tja, wie soll ich es nur sagen? Es ist so", druckste der Arzt herum, „der Tote wurde quasi von innen in die Luft gejagt. Der Darm ist total zerfetzt. Die gesamten inneren Organe sind zerstört." „Anhand des Geruchs merkte man schon, dass was nicht stimmte", sagte Inspektor Sidney. „Aber wie sollen wir das verstehen?" „Es wurde ihm ein Zäpfchen verpasst, das mit einem Zeitzünder per Funk aktiviert wurde", sagte Braun, ein außerordentlich guter Pathologe. Aber hier verlor er fast den Verstand, denn er konnte nicht begreifen, wozu Menschen im Stande sind. Der Arzt erklärte weiter: „Es handelt sich hier um eine kleine Kapsel in der Form eines Zäpfchens, das mit hochaktivem Sprengstoff gefüllt war." „Und wer hat sie ihm in den Darm gesteckt?", fragte Henry Blake. „Ich werde hier meine Arbeit beenden", sagte der Arzt. „Mehr kann ich nicht tun." Die Inspektoren hatten jetzt Arbeit vor sich. Blake und Sidney mussten draußen Luft holen, denn einen solchen abartigen Mord hatten sie noch nicht aufklären müssen. Mit welchen Leuten hatte Hoffmann zu tun gehabt? Wer war zuletzt bei ihm oder wo war er? Da er seit Jahren heimlich mit Waffen handelte, konnte man sich eigentlich denken, was dahinter stecken könnte. Sie durchsuchten seine Wohnung. Ein paar Telefonnummern und einige Zettel mit Namen waren die

Ausbeute. „Warten Sie, Henry", sagte Tom, „Lassen Sie uns in den riesigen Schrank schauen, der in seinem Schlafzimmer steht." „Klar doch, hätte ich fast vergessen", antwortete sein Kollege. Als sie die riesige Tür öffneten, fiel ihnen ein Koffer aus den 1920'er Jahren auf. Tom ließ nicht locker und brach den verschlossenen Koffer auf. Bündelweise fielen ihnen die Geldscheine entgegen. Henry war nicht mal überrascht, denn in den Kreisen, in denen sich der Tote bewegte, wurde mit viel Geld gearbeitet. Waffenhandel musste schnell und mit Barem bearbeitet werden. Henry Blake und Tom Sidney stöberten jetzt erst recht überall nach irgendwelchen Hinweisen, die zur Aufklärung des Mordes führen könnte. Sie nahmen alles auseinander, bis einer der beiden schließlich eine Liste mit Namen fand, die zwischen den Geldbündeln versteckt war. Sie schlossen alles hinter sich ab und die eigentliche Arbeit begann für die Inspektoren in ihrem Büro. Sie durchleuchteten jede Person, bis sie auf einen Unternehmer stießen, mit dem sie nie

gerechnet hätten. Niclas Dimitrius. Ein
eigentlich unauffälliger Mann, der mit
seiner Lebensmittelfirma weltweit bekannt
war. Er verkaufte seine berühmten
Dimitrius Brotaufstriche recht gut. Ein
reicher Mann, der eigentlich mit seinem
Leben zufrieden sein musste. Inspektor
Blake ließ ihn auf Herz und Nieren
überprüfen. Wie erwarten stellte sich
heraus, dass Dimitrius mit Waffen handelte,
wie Justus Hoffmann auch. „Aber was
hatten sie gemeinsam?", sagte Tom. „Ist
doch klar", antwortete Blake. „Sie
handelten beide mit Waffen. Hoffmann
besorgte sie, wenn die Nachfrage dafür da
war. Justus war durch seine Geschäfte aber
auch mit den Geschäften des
Waffenhandels gut bekannt. Das hatte ihm
das Leben gekostet." Die Inspektoren
forschten weiter. Es stellte sich heraus, dass
Hoffmann auch im Drogenhandel kräftig
mitmischte und ganz in den kriminellen
Abgrund abgerutscht war. Er wurde von
jemandem ermordet, der es arg nötig hatte.
Henry Blake und Tom Sidney kamen zu der

Überzeugung, dass dieser perverse Mord nur in der Drogenszene geschehen konnte. Tom sagte: „Wo sollen wir denn da suchen? Wo sollen wir anfangen?" Henry überlegte. „Lass uns einmal versuchen, logisch die Sache aufzurollen. Das viele Geld. Wir müssen unbedingt noch einmal in die Wohnung", sagte Inspektor Blake schon fast resigniert. Sie fuhren los, aber mit einem schlechten Gefühl im Magen. „Irgendwas erwartet uns noch, ich weiß aber nicht was es genau ist", meinte Tom. „Dieser verfluchte Regen!", regte sich Henry auf. „Man sieht die Hand vor Augen nicht und warum müssen heute alle gleichzeitig mit dem Auto fahren? Es ist einfach zum kotzen." „Aber Inspektor", versuchte Tom ihn zu beruhigen, „die neuen Scheibenwischer liegen im Kofferraum, wir hätten dran denken müssen." An der Eigentumswohnung des Justus Hoffmann angekommen, ahnten die beiden schon etwas. Die Tür war angelehnt, das Siegel abgerissen. Vorsichtig traten sie ein. Da sie von Berufswegen Leisetreter waren, wenn sie in eine Wohnung gingen, hörte der Mann nicht, dass sie hinter ihm standen. Er war Anfang 30, völlig heruntergekommen und wühlte in den Unterlagen herum.

„Bleiben Sie still stehen und drehen Sie sich langsam um, wenn Sie ihre Waffe, sofern Sie eine besitzen, fallengelassen haben!" Langsam, mit zitterndem Körper drehte sich der Mann zu den Inspektoren um. Er nahm die Hände hoch und ließ sich bereitwillig untersuchen. „Wer sind sie?", fragte Tom leise. „Ich heiße Fred Bailys. Hoffmann hat mit versprochen, an Heroin zu kommen, ich brauche es dringend." „Wo waren sie vor zwei Wochen um 12.54 Uhr?", fragte Henry Blake. „Woher soll ich das denn jetzt noch wissen", zitterte der Mann herum.

„Erinnern sie sich gefälligst, es geht hier um einen gemeinen Mord." Der Mann wirkte ängstlich und begann vorsichtig an zu reden: „Ich habe ihn nicht getötet, aber ich kann Ihnen andere Dinge erzählen, die Ihnen eventuell weiter helfen können. Ich lernte Hoffmann auf einer Wohltätigkeitsveranstaltung kennen. Hier in

London natürlich. Ich wusste aber auch, dass dort insgeheim Geschäfte getätigt wurden, die nicht sauber waren. Hier wurde mit Millionen jongliert. Justus schmierte den jungen Leuten Honig ums Maul und verteilte kostenlos Kokainproben. Hinzu kam, dass auf diesen Veranstaltungen auch miese Waffengeschäfte abgehandelt wurden." „Kaum vorstellbar", sagten beide Inspektoren. „Aber warum sind Sie hier eingebrochen?" „Die Tür war auf, da hat vor mir auch jemand versucht, es ihm heimzuzahlen", sagte Fred Baleys. „Hoffmann hat mich, wie auch viele andere, mit seinen Heroinproben abhängig gemacht. Er verteilte sie immer wieder an die Abhängigen, die dann schmutzige Arbeiten für ihn erledigen mussten. Ja, dieses Schwein hat mich zu einem Kriminellen gemacht. Ich hasse ihn. Ja, ich brauche Geld, viel Geld für Heroin und Kokain. Er hatte dieses Geld. Jeder wusste, dass er die Scheine Bündelweise in seiner Wohnung hortete. Ich wollte heute zu ihm und ihn um einen Kredit bitten, der ihm nicht wehgetan hätte. Als ich sah, dass die Tür offen stand, wollte ich mich selbstverständlich bedienen, ich gebe es zu. Selbst er hatte bei vielen Geschäftsleuten Schulden. Er konnte zwar bezahlen, hat es aber immer darauf ankommen lassen. Er gab im Ausland Waffenbestellungen für seine Kunden auf, die mittlerweile fast auf dem ganzen Globus verteilt waren, Waffen, die er in einem alten Lagerhaus am Hafen deponierte. Auch die Drogen versteckte er hier", sagte der Mann, der sein Zittern nicht mehr unter Kontrolle hatte. „Aber gerade, weil es um diese schmutzigen Geschäfte ging, hätte er besser aufpassen müssen. Immer wieder legte er es darauf an." Nachdem die Inspektoren dem Drogenkranken Mann erzählt hatten, wie Hoffmann starb, sagte dieser: „Wissen sie, sein Umfeld ist sehr groß gewesen, da suchen Sie die Nadel im Heuhaufen." Inspektor Blake entgegnete: „Sie haben Recht, das wird im Sand verlaufen." „Wo sollten wir anfangen zu suchen?", meinte Tom. „Vermutlich müssten wir in Russland,

China und der Türkei suchen, denn von dort hat Hoffmann die größten Waffen- und Drogenlieferungen bekommen. Wissen Sie, Baleys, in Ihrem Fall werden wir ein Auge zudrücken, denn wir haben keine Drogen bei Ihnen gefunden." Die Inspektoren schlossen den Fall als unlösbar ab. Außerdem war er ihnen einige Nummern zu groß. Sie fuhren mit dem alten Austin in ihr Büro und schlossen die Akte Justus Hoffmann für immer.

Einsam lag er unter dem Triumphbogen

Pater Emanuel Sadre hatte täglich viel zu tun. Er sorgte dafür, dass seine Schäfchen eine schöne Messe bekamen, aber auch einen schön dekorierten Altar. Darauf kam es ihm besonders an. Nur ein einziges Laster hatte der Pater. Und das kostete ihn das Leben. Er war Männern zugetan. All abendlich hielt er sich in den Kreisen dieser Leute auf. Der Pater besuchte Lokale in normaler Kleidung oder vereinbarte Termine in Hotels und auch bei sich zu Hause. Mit seinen fast 50 Jahren war er nicht mehr der Jüngste. Trotzdem wollte er wenigstens noch etwas vom Leben haben. Seine Berufung zum Gottesmann genügte ihm nicht. Viele nutzten sein gutes Gemüt, aber auch sein großes Herz aus. Einige Jahre ging er nun schon neben seiner Aufgabe als Pater, seinen Trieben nach. Mittlerweile kannte man ihn genau in der Szene. Die jungen Männer aus Emanuels Bekanntenkreis, hatten keine Arbeit und waren ständig auf der Suche nach Geldgebern. Mehr als einmal wurde der Pater angepumpt. Als er sich eines Tages nicht mehr darauf einließ, erpresste man ihn auf übelste Weise. Er konnte sich keinen Skandal erlauben. Wie würde er dastehen? Was wäre, wenn herauskäme, was er in seiner Freizeit tut? Für seine Veranlagung konnte er ja nichts. Nur, dass er sich in zwielichtiger Gesellschaft aufhielt, war auch ihm nicht mehr geheuer. Die Kriminellen, die ihn erpressten, wollten, falls er nicht in der Lage sei 100.000 Euro zu zahlen, Flugblätter an der Kirche befestigen. Außerdem hatten sie eine heimlich gemachte Aufnahme, die ihn in eindeutiger Pose mit einem Mann zeigte. Was sollte er nur tun? Zur Polizei gehen? Nein, das würde auf keinen Fall in Frage kommen. Seit Wochen hielt er sich schon der Szene fern und doch ließ man ihn nicht in Frieden. Mein Gott, dachte er, eine so bekannte Kirche, wie die Sacre- Coeur, durfte nicht beschmutzt werden, schon gar nicht sein Ruf, denn alle liebten ihren Pater. Der 45 Meter hohe und 50 Meter breite Triumphbogen war ein beliebtes Ziel für Touristen. Wer kein Auto hatte, konnte ihn auch bequem mit der Metro erreichen. Kommissar Marc Leon traf sich dort oft mit seiner Assistentin Janette Dumas. Sie war einige Jahre jünger, aber das tat ihrer Liebe keinen Abbruch. Alle Kollegen wussten, dass sie ein Verhältnis hatten. Janette kam erst vor zwei Jahren ins Team. Sie war alleinstehend. Marc Leon war verheiratet, aber seine Frau erkrankte vor ein paar Jahren an Demenz. Am Tage musste sie von Pflegekräften versorgt werden, damit er seinem Job nachgehen konnte. Als Kommissar und Chef des Ganzen, war er fast nicht abkömmlich. Außerdem brauchte er dringend das Geld. Sein Job wurde gut bezahlt. Da seine Frau fast dreißig Jahre älter war als er, stimmte sie noch im gesunden Zustand zu, dass sich im Falle des Ausbruchs der Krankheit, Marc Leon noch mal eine Frau suchen sollte. Zusammen mit der neuen Frau würde er dann seine kranke Frau versorgen. Nur leider hatte sie alles wieder vergessen und der Kommissar musste sich heimlich mit Janette treffen. Auch an diesem Montagabend gingen sie zum Triumphbogen. Doch plötzlich stolperte Janette Dumas über etwas. „Bitte schalte mal deine Taschenlampe ein", sagte sie zu Marc. „Ich bin da auf was Weiches getreten." „Ja, sofort. Kannst du nun besser sehen?" Janette Dumas und Kommissar Leon stand der Atem still. Ein grausames Gemetzel muss hier stattgefunden haben. „Janette, ich glaube, ich muss mich übergeben", sagte Marc. Alles war mit Blut überdeckt. Der Kopf des Toten lag in einer anderen Ecke. Die Hose war heruntergezogen, sein Glied abgeschnitten. Er blutete förmlich aus. Sofort wurde die Spurensicherung gerufen. Janette Dumas sagte zu Marc: „Bitte bring mich nach Hause, ich glaube ich werde mich erst mal krank melden." „Okay, Janette, bitte steig' ein. Auch für mich ist Schluss für heute." Die Aufklärung des Mordes stellte sich als besonders schwierig dar. Viele Dinge stimmten nicht überein. Aus welchem Grund sollte man einen Menschen auf diese Art und Weise töten? Und wer könnte in Frage kommen? Dass er im Schwulenmilieu verkehrte, war schnell klar. Aber er war mit vielen Menschen in Kontakt. „Wir müssen unsere Vorgehensweise genau überdenken, Marc", sagte Janette. „Es gibt doch

bestimmt die Möglichkeit, dahinzufahren, wo er sich am liebsten aufhielt. Wir wissen doch, wo wir suchen müssen", antwortete Marc. „Neben dem Truppenübungsplatz Champ-de-Mars befindet sich eine umgebaute Kaserne. Soviel ich weiß, treffen sich dort seit Jahren Homosexuelle", sagte Marc Leon weiter. Janette Dumas wurde nervös. „Nicht nur die, auch Kriminelle aller Art", antwortete sie. „Da gehe ich nicht rein! Dort ist vor vier Jahren mein Bruder erstochen worden, weil er sich aus Spaß in diese Gesellschaft eingeschlichen hatte. Schnell kamen sie dahinter. Der Mörder ist bis heute nicht gefasst." Janette weinte. Marc Leon musste einen klaren Kopf behalten. Er konnte es sich nicht erlauben, seinen Gefühlen Ausdruck zu verleihen. „Du bleibst hier Janette, ich fahre hin und versuche etwas herauszubekommen."
„Okay, Marc, pass auf dich auf." An der Kaserne angekommen, hörte Marc schon von weitem Getöse und Musik. Er konnte aus der Ferne beobachten, wie zwei junge Männer von einem älteren Herrn Geld

bekamen. Nicht wenig, so wie es aussah.
Was er da sah, war wohl offensichtlich die
Bezahlung zweier Männer für diverse
Dienste. Die Musik wurde immer lauter.
Wieder wurde Geld an junge Männer
weitergereicht. Jetzt würde Marc
eingreifen. Er lief hinüber und es war ihm
nicht wohl bei der Sache. Als er die Tür
aufdrückte, kam ihm Zigarettenqualm und
schwerer Parfümgeruch entgegen. Männer
tanzten eng umschlungen und halbnackt.
Er trat in den Raum und zeigte seine Marke.
„Jetzt findet hier ein polizeiliches Verhör
statt, bitte nehmen sie Platz meine Herren.
Es ist nur eine Routinebefragung, keine
Angst." Marc notierte sich alle Namen und
Adressen der Anwesenden. „Vor ein paar
Tagen wurde unter dem Triumphbogen eine
grausam zerstückelte Leiche gefunden."
„Haben wir nichts mit zu tun." hörte er von
weitem einen rufen. Er fuhr fort: „Der Tote
war ein Pater und hieß Emanuel Sadre." Ein
Murmeln ging um. Marc zeigte ein Foto des
Kopfes des Ermordeten und beobachtete
die Leute genau. „Grausam!", schrie einer.

„Wer so etwas tut, gehört aufgehängt. Glauben sie uns Herr Kommissar, wir sind zwar verkehrt gepolt, aber keiner von uns könnte so was Grausames tun." „Na, ja…", sagte Leon, „Wir werden sehen." Jemand rief aus der hinteren Reihe: „Mein Bruder und ich, wir kennen diesen Mann." Erstaunte Blicke, wo man hinsah. Cloud und Franc Jepard sagten: „Er kam einmal in der Woche und wollte sofort, dass man zu ihm kam." „Wussten sie, dass er Pater war?", sprach Marc weiter. „Auf keinen Fall, nein. Wir sind Studenten die Medizin studierten, wollten uns dringend Geld dazu verdienen, denn wir mussten unser Studium finanzieren. Er schikanierte uns. Wir sollten Dinge tun, die sie sich nicht einmal in ihren Träumen vorstellen können. Ein paar Mal taten wir es, aber dann gingen wir ihm aus dem Weg. Er blieb jedoch hartnäckig und verfolgte uns bis in die Uni. Dann fanden wir in unserem Spint einen Zettel. Darauf stand: ‚Ihr schwules Pack, wenn ihr mir meine Wünsche nicht erfüllen wollt, werde ich reden. Alle werden in der Universität erfahren, was mit euch los ist. Dann seid ihr ruiniert. Überlegt es euch doch noch mal!' Wir gingen zum ausgemachten Treffpunkt und wollten schnell alles hinter uns haben. Wir wissen nicht mehr, was an diesem Abend in uns gefahren ist. Wie im Blutrausch fielen wir über ihn her. Die ganze Wut von den vergangenen Jahren kam hoch. Der Pater demütigte uns, wo er nur konnte. Er dachte, ihm könne ja nichts geschehen. Wer würde schon von einem Pater vermuten, in welchem Milieu er verkehrte? Wir waren blind und unser Denken konnten wir nicht mehr kontrollieren." „Aber mussten Sie ihm denn gleich den Kopf und das Ding abschneiden?", fragte Marc Leon weiter. „Wir benahmen uns wie Bestien und konnten uns schon kurz nach dem Mord an keine Einzelheit erinnern. Blutverschmiert rannten wir davon. Am Morgen danach wunderten wir uns über das ganze Blut, das wir überall am Körper hatten. Wir bekamen vor uns selbst Angst. Und nun Kommissar, machen sie mit uns was sie wollen." Marc konnte nichts mehr sagen, nahm sie in seinem Dienstwagen mit und übergab sie der Staatsanwaltschaft. Janette war froh ihren Liebsten wieder in die Arme schließen zu können. Marc sagte: „Janette, es gibt grausame Dinge auf dieser Welt, aber können die Betroffenen wirklich für alles verantwortlich gemacht werden?" Die Brüder Cloud und Frank Jepard sollten lebenslänglich bekommen. Aber da sie im Affekt gehandelt hatten und zum Zeitpunkt des Mordes nicht zurechnungsfähig waren, wirkte sich das auf das Urteil etwas strafmildernd aus.

Ordnung muss sein

Angelika Parker war eine attraktive Geschäftsfrau. Zudem war sie auch sehr erfolgreich. Mit 36 Jahren schien sie nun auch den richtigen Partner kennengelernt zu haben. Konrad war Geschäftsführer; nun, eigentlich Verkäufer; also, wenn man es ganz genau nahm, Lagerist. Aber er stellte sich überall als Geschäftsführer vor. Sein Aussehen und seine Visitenkarten waren schon ein echter Hingucker. Angelika war richtig verschossen in ihn. Es störte nur, dass Angelika für ihre Liebsten so wenig Zeit erübrigen konnte. Denn auch Ella Mops kam viel zu kurz. Gassi-Gehen erledigte die Hausangestellte Giesela. Die Mopshündin war sehr glücklich darüber und bedankte sich damit, dass sie heruntergefallenen Abfall aus dem ganzen Haus in die Küche bis vor den Mülleimer trug. „Gehen wir heute noch zum Griechen?", fragte Konrad. „Du, Conny, sei mir nicht böse, ich muss dringend die Geschäftsbücher durcharbeiten. Geh' du nur, vielleicht komme ich noch nach", erwiderte Angelika. Konrad stieg in seinen Jaguar und brauste los. Angelika schenkte ihm den Wagen im letzten Monat. Konrad sprach von festen Geldanlagen für beider Zukunft, da konnte er sich einen neuen Nobelwagen wohl nicht leisten. Und einen Kleinwagen wollte Angelika nicht vor ihrer Villa stehen sehen. „Hey Conny, wo ist denn deine Superbraut?", tönt es Konrad beim Griechen entgegen. „Sie hat wie immer zu tun. Ist Susi heute hier?" Konrad schaut sich angeregt um. In Mini und mit tiefem Ausschnitt stand Susi schließlich vor Conny. „Ach ich bin hin und hergerissen von dir. Für dich würde ich alles tun", schwärmte Conny. „Wir werden sehen, Conny, ob du das wirklich tust", sagte Susi und schaute Conny tief in die Augen. „Meine Schwester hat Recht, Conny. Langsam müsstest du dich doch entscheiden, oder? Meine Schwester ist immer für dich da. Deine Vorzeigedame ist doch trostlos", redete Toni auf Conny ein. „Hast ja Recht, aber ohne sie komme ich mit meiner Kohle nicht klar", redete Conny Klartext. Am nächsten Tag fuhr Conny zu Angelika. Er wollte etwas sagen, da unterbrach Angelika: „Conny, begleite mich morgen bitte nach München. Im Tresor lagern Diamanten und Bargeld in mehreren Millionen. Ich habe mich von meinem Juweliergeschäft in der City getrennt. Allein wollte ich auch nicht zur Bank." Conny schaute Angelika überlegend an. „Conny? Bist du hier?", lachte Angelika. „Oh ja, entschuldige bitte, natürlich begleite ich dich. Ich fahre jetzt zu mir, tanke den Jaguar und lege mich hin, dann bin ich morgen fit!", sagte Conny erschrocken. Als angeblicher Geschäftsführer hatte Conny ebenfalls einen Koffer in Angelikas Tresor deponiert, so kannte er den Code. Statt in seine Wohnung zu fahren, fuhr Conny zum Griechen. „Susi ist nicht hier, Conny", sagte Toni. „Ich will auch zu dir, Toni, hast du Zeit?", fragte Conny. An einem abgelegenen Tisch schmiedeten beide einen Plan. Um Mitternacht brach Toni einen älteren Golf auf. „Hier die Walther Pistole, Conny. Vergiss nicht, sie abzuwischen und sie in ihre Hand zu legen. Ihre Fingerabdrücke müssen deutlich zu sehen sein", erklärte Toni und fuhr fort: „Wer weiß noch von den Diamanten und der Kohle?" „Niemand, nur ich", antwortete Conny. Am Tatort angekommen, schloss Tony leise die Tür auf. Angelika saß noch mit einem Glas Wein am Schreibtisch. Lilly Mops lag im Körbchen. Der Kamin brannte langsam aus. „Nanu, Conny, ich dachte du schläfst bereits", sagte Angelika. „Ich wollte dich mit so viel Geld nicht alleine lassen", flüsterte Conny und ging um den Schreibtisch herum auf Angelika zu. Er wollte ihr gerade einen Kuss auf die Wange geben, da zog er die Walther und schoss erbarmungslos in ihren Kopf. Die Waffe ließ er zu Boden fallen. Toni sah alles vom Fenster aus, er schlug die Scheibe ein und öffnete das Fenster. Danach rannte er zum Golf. Conny gab den Zahlencode im Tresor ein und nahm alles heraus, was er finden konnte. Den Golf versteckten sie in einem Wald. Der Jaguar war nicht weit entfernt geparkt. „Hast du an die Fingerabdrücke gedacht?", fragte Toni. „Um Gottes Willen, ich hab's vergessen!", jammerte Conny. „Mist. Dann ändern wir den Plan. Setz mich an deiner Wohnung ab. Ich teile schon die Beute. Fahr du zurück, wisch' die Waffe ab und drücke sie ihr in die Hand", befahl Toni. Conny fuhr los. Zwei Straßen vor Angelikas Haus parkte er. Er schloss die Tür auf. Alles schien gut zu laufen. Er stürmte zum Schreibtisch. Aber die Waffe war verschwunden. Conny suchte alles ab. Er fand sie nicht. Erfolglos verzog er sich.

Am nächsten Morgen öffnete Giesela die Haustür. Ella Mops wimmerte fürchterlich. „Ich bin ja da, Ella Mops. Jetzt gehen wir unsere Hunderunde!", rief sie. Im Wohnzimmer erschrak sie fürchterlich. Sie sah ihre Arbeitgeberin blutüberströmt am Schreibtisch. Sie rief die Polizei. Die Polizei untersuchte alles. Giesela kümmerte sich nun um Ella Mops. Sie ging in die Küche, da lag der Mops. Reinlich wie er war, hatte er die schwere Waffe bis zur Mülltonne geschleppt, so wie Ella Mops alles

Heruntergefallene dahin brachte. Der Rest war für die Kripo ein Kinderspiel, denn die auf der Waffe gefundenen Fingerabdrücke waren ja im ganzen Haus zu finden.

Projekt GHOST 5000

Nachdem Professor Taylor das Geheimnis der Gedankenübertragung der Öffentlichkeit zugänglich gemacht hatte, öffneten so einige Institute, die nicht nur etwas Gutes im Schilde führten. Schließlich war es eine lukrative Geldeinnahme. Mein Name ist Stuart Miller, ich bin Polizei-Berichterstatter in St. Lois. In den Tageszeitungen wurde über einen Fall berichtet, den ich hiermit veröffentlichen und aufklären möchte. Zunächst einmal: Mister Steve Ranks aus Chicago ist unschuldig! Im Jahr 2068 veröffentlichte Professor Clark Taylor seine erfolgreichen Experimente über Gedankenübertragungen zwischen zwei Probanden. Am 11. Oktober des gleichen Jahres kam dann seine Hammer-Veröffentlichung über den Tausch zweier Denkstrukturen oder auch des Bewusstseins. Die Frage, die wir damals schon gestellt haben, ist: Handelt der ausgetauschte Geist als eigener Mensch in einem fremden Körper oder wird er nur missbraucht? Bereits kurz nach der Veröffentlichung von Professor Taylor waren wir bei der Polizei schon der Meinung, dass es große Probleme geben wird. Ein Fingerabdruck ist dann nichts mehr wert! Das Prinzip von Taylor basiert auf den im Jahr 2059 entdeckten Tesolit-Wellen. Diese durchdringen das Gehirn und speichern den augenblicklichen Zustand an Gefühlen, Denken und Intelligenz auf einen riesigen Computer. Professor Taylor entwickelte zunächst eine übergroße Apparatur, um nicht nur den augenblicklichen Zustand des Bewusstseins festzuhalten, sondern, je nach Speichergröße des Computers, ein Abbild von bis zu zehn Stunden zu schaffen. Als nächsten Schritt ersetzte Taylor den Computer durch ein menschliches Gehirn. Es folgte, die Apparatur von vier Kubikmetern, von einem Motorradhelm zu ersetzen. Mittlerweile funktioniert das Prinzip mit High-Tech-Pudelmützen mit Bommel. Die Bommel dient dabei als Antenne, die über Satellit auf der ganzen Welt eingesetzt werden kann. Wir dachten natürlich nur an negative Auswirkungen dieses Prinzips, bei allem Respekt über die Leistungen von Professor Taylor. Etwas außerhalb unserer Stadt St.Lois eröffnete das Institut GHOST 5000 am 26. Januar 2070 mit dubiosen Angeboten ihre Dienste. „Möchten Sie eine Stunde Präsident der USA sein? Das können wir Ihnen nicht erfüllen, ansonsten alles!"

Robert K. aus Wichita reiste extra an, um das Angebot anzunehmen. Mit der Begründung, er wollte seinen Geschäftspartner Jeff H. überprüfen, ob er die Bücher fälschte und unter der Hand Schmiergeld annahm, stellte sich Robert K. vor. Der Grund war plausibel und für den Leiter Dr. Crown des Instituts GHOST 5000 gut nachvollziehbar. Nur hatte Robert K. keinen Probanden mitgebracht, in den er hineinschlüpfen konnte. Natürlich war es verboten und strafbar, wenn man sich einen fremden Körper auslieh, der von seinem Glück oder Pech nichts mitbekam. Aber was hieß strafbar? Die Gesetze waren ja noch nicht verabschiedet. Die Politik hinkte hinterher. Dr. Crown brachte Robert K. in die heiligen Hallen des Instituts. In Kabine 3 lag Steve Ranks aus Chicago. Die Nachbarliege war leer. Steve brachte seine Freundin Judith P. mit. Einmal als Frau die Highlights von St.Lois zu erleben, das war Steve die 158.000 Dollar wert. Judith war eine ganz tolle Frau für Steve. Leider konnte er nie bei ihr landen, denn Judith war glücklich verheiratet. Nach Judiths Kündigung müssten sie aber das noch nicht abgezahlte Haus verkaufen. Steve würde 50.000 Dollar für diese 10 Stunden bezahlen. Gegen eine Zahlung von 30.000 Dollar an Dr. Crown, unversteuert natürlich, würde Robert K. den Körper von Steve für acht Stunden bekommen. Zwei Stunden war Steve schon mit Judiths Körper unterwegs, es blieben also diese acht Stunden. Robert K. willigte ein. Es waren wenige Handgriffe und Judiths Bewusstsein, das in Steves Körper war, wurde in den Computer mit dem riesigen Speicherplatz übertragen. Judith würde von all dem nichts erfahren, denn es war der augenblickliche Zustand. Ab jetzt gab es kein Denken und keinen Traum, nach der Prozedur fehlten Judith lediglich acht Stunden Denken in ihrem Leben. Nach 15 Minuten war Robert K. in Steves Körper. Er raste sofort nach Chesterfield. Die Frage war nur, wer fuhr los? Robert oder Steve? War es Robert oder wurde Steves Geist, wie eingangs erwähnt, missbraucht? Gegen 21 Uhr 30 stand Mister

Steve Ranks vor dem Motel KINGS in Chesterfield. In der Zwischenzeit amüsierte sich Miss Judith P. in St.Lois. So stand es später in den Polizeiakten. Mister Steve Ranks betrat das Motel-Zimmer mit einem Tritt gegen die Tür. Er zog eine 9-mm-Waffe und feuert sofort auf die im Bett liegenden Personen. Er schoss das Magazin leer. Im Bett lagen seine Frau Jennifer K. und der Geschäftspartner Jeff H., natürlich hatte Robert K. vorher alles geplant. Danach trank Robert K. in Steve Ranks Körper noch ein Bier in einer Bar in der Nähe. Seelenruhig, im wahrsten Sinne des Wortes, verfolgte er das Treiben der Polizei und des Notarztes vom Fenster aus. Er ging zum Tresen und bezahlte mit den Worten: „Eine Schlampe war sie, nur eine Schlampe!" Damit machte er sich verdächtig. Der Wirt beschrieb später Steve Ranks ganz genau. Judith P. lag bereits im Institut. Robert kam in Steves Körper 15 Minuten später. Dr. Crown lud Roberts Bewusstsein aus Steves Körper in den Computer. Gleichzeitig ging Judith in Steves Körper. Jetzt folgte nur noch der

Transfer von Robert im Computer in seinen Körper. Dr. Crown verabschiedete sich nach getaner Arbeit zuerst von Judith und Steve, die sehr glücklich waren. Judith über das Geld und Steve über die Erfahrung. Danach verabschiedete Dr. Crown Robert K., der ebenfalls zufrieden war, wie auch immer man dies auffassen wollte. Wie konnten wir nun den Fall aufklären? Durch eine Aussage eines Familienvaters in einer Bar in St.Lois. Er wurde von einer Frau angesprochen: „Hi, ich bin Steve Ranks. Darf ich dich einladen?" Tja, man kann vielleicht das Bewusstsein in andere Körper stecken, aber Gewohnheiten legt man nicht ab, denn Steve meldet sich immer an seinem Arbeitsplatz mit: „Hi, ich bin Steve Ranks, wie kann ich Ihnen helfen?"

Sylt – Mord unter Deck?

Schweißgebadet wachte Kriminalhauptkommissar Jens Petersen um 7 Uhr auf. „Ulla!", schrie er, „ich habe verschlafen!" Jedoch waren seine Frau Ulla und Tochter Roberta auf Mallorca. „Was wollen die beiden auf Mallorca? Sylt ist die schönste Insel", grummelte Petersen. Es war ein Gewinn für zwei Personen. Sieben Tage Malle mit allem Drum und Dran. „Moin!", rief Petersen in die Runde auf der Wache in Westerland. „Schlecht geschlafen, Herr Kollege?", fragte Kommissar Friedrichsen. „Ach, Ulla ist im Urlaub. Ich habe von einem Mord in List geträumt und dachte, ich hätte verschlafen", so Petersen. „Hier ist doch sowieso nichts los", sagte Praktikant Hannes Hansen kleinlaut. „Irrtum, Herr Oberkommissar in Wartestellung! Nicht in List ist etwas los, sondern in Munkmarsch. Meine Herren, ab zum Einsatzort!", entgegnete Friedrichsen. Im Hafen von Munkmarsch angekommen, zeigte Kellner

Sörensen auf die Motoryacht „Anna Nass".
„Der Gast wollte bereits vor dem gestrigen
Sturm im Hafen anlegen, nun liegt er bei
Ebbe und Flut am Watt. Die Yacht war
leicht gekippt und lag nun trocken. „Wie
kommen wir nun zu diesem Schiff?", fragte
Praktikant Hansen. „Na zu Fuß, Hannes,
außerdem ist das kein Schiff sondern eine
Yacht. Nun hole die Gummistiefel aus dem
Auto", ordnete Kriminalhauptkommissar
Jens Petersen an. „Ich habe auch die Leiter
mitgebracht!", rief Hannes Hansen stolz.
„Aus dir wird noch ein echter
Oberkommissar – nach der Wartestellung",
lachte Petersen. Auf der Yacht wartete
jedoch eine Überraschung. Sie fanden den
leblosen Körper von Dirk van Bertram, sein
Kopf schwamm in einer Blutlache. Der Tote
lag auf dem Bauch. Die Untersuchung
begann. „Vergiss die Handschuhe nicht,
Hannes!", rief der erfahrene Kommissar
Petersen seinem Praktikanten zu. „Hier
liegt eine Brieftasche. Der Name des Toten
ist Dirk van Bertram. Seltsam, 2500 Euro
sind im Scheinfach. Wollte die der Mörder

etwa nicht?", wunderte sich Hannes Hansen. „Es muss ja kein Mord sein, Hannes", entgegnete Petersen. „Er wird sich doch nicht selbst einen auf die Mütze gegeben haben!", sagte der Praktikant. „Apropos Mütze, eine Kapitänsmütze lag auf dem Deck", so Petersen. Er rief Dr. Knudsen in Keitum an, um den Toten untersuchen zu lassen. Nach zwei Stunden hatten beide die Yacht auf den Kopf gestellt. Nichts Auffälliges konnten sie finden. „Hannes, hole den Dok aus Keitum ab, er ist jetzt in seiner Praxis", sagte Petersen. „Chef, die Flut ist gekommen. Soll ich das kleine Schiff nehmen?", fragte Hannes Hansen. „Das ist ein Boot, du Tütkopp, ein Schlauchboot mit Motor!", rief Petersen. „Spaß, Chef, war doch nur Spaß!" „Moin, Jens. Was kann ich für dich tun?", fragte Dr. Knudsen. „Ach, ich sehe es schon." Dr. Knudsen drehte den Toten auf den Rücken. „Hier ist ja noch eine Brieftasche zu finden!", rief Hannes Hansen. „Ja, da schau an. Na, der Fall wird wohl sehr einfach zu lösen sein. Herbert Hövel gehört die Brieftasche. Ausweis, Führerschein und 200 Euro sind darin", freute sich Kriminalhauptkommissar Petersen. „War es ein Unfall oder ein Mord, Dok?", fragte der Praktikant. „Es war ein Schlag auf die Schläfe, sucht nach entsprechenden Gegenständen", so der Doktor. „Tja, da haben wir viele Möglichkeiten. Hier liegen Sektflaschen, schwere Bierkrüge, Werkzeuge und sogar ein Toaster herum", der Kommissar fuhr sich durch die Haare. „Es kann ein Unfall gewesen sein, verdächtig ist die zweite Brieftasche", so Petersen weiter. Zurück in der Wache schrieb Kriminalhauptkommissar Jens Petersen seinen Bericht. „… es wurde eine weitere Brieftasche gefunden, mit Ausweispapieren von Herrn Herbert Hövel", murmelte Petersen. „Herbert Hövel?", fragte Kommissar Friedrichsen, der gegenüber saß. „Den haben wir vor zwei Stunden aus einer Bar abgeholt. Er konnte die Zeche nicht bezahlen", so Friedrichsen weiter. „Dann haben wir ein Problem. Vielleicht war es doch ein Unfall", überlegte

Petersen. Nachfolgende Recherchen ergaben, dass sich Herbert Hövel und Dirk van Bertram gut kannten. Dirk van Bertram war Diamantenhändler und Herbert Hövel Kurier. Herbert Hövel gab an, nachts noch vor dem Sturm eine Tour durch die Whisky-Meile unternommen zu haben. Nach dem Abendessen in Munkmarsch steckte van Bertram wohl aus Versehen Hövels Brieftasche ein. Hövel konnte seine Aussage belegen und wurde frei gelassen. „Nun, dann wird van Bertram durch den heftigen Seegang im Sturm gestürzt sein. So hat er sich dann wohl die Kopfwunde zugezogen", vermutete Jens Petersen. „Das ist ja wieder ein langweiliger Fall", murmelte Praktikant Hannes Hansen. „Auf keinem der Gegenstände sind Spuren zu finden", sagte der Doktor, der seinen Bericht abgeben wollte. „Aber von so vielen Flaschen Rum und Champagner bin ich ganz besurpen, nehmt bloß keine Blutprobe bei mir!", lachte er. „Wenn Sie wieder nüchtern sind, dann sagen Sie, ob Ihnen sonst nichts aufgefallen ist", sagte Friedrichsen. „Wenn

Sie so fragen, eine Gürtelschlaufe ist gerissen. Aber das wird wohl nicht wichtig sein, obwohl, es ist eine Qualitätshose von Boss", ergänzte Knudsen. „Hannes, zeige noch einmal die Brieftasche vom Opfer!", rief Petersen. „Schaut einmal, hier ist eine Öse, es könnte eine Kette angebracht gewesen sein", so Petersen weiter. „Genau, und diese ist an der Gürtelschlaufe befestigt gewesen", überlegte Dr. Knudsen. „Dann sucht die Kette!", ordnete Friedrichsen an. Die Yacht lag im Hafen von Munkmarsch. Kriminalhauptkommissar Jens Petersen und Praktikant Hannes Hansen zerlegten nun alles. „Was vermuten Sie, Chef?", fragte Hansen. „Nun, entweder wollte der Tote seine Brieftasche mit einer Kette sichern oder es war etwas an der Kette, was abgerissen wurde", sagte Petersen. „Finden wir die Kette, dann ist der Fall abgeschlossen und du hast pünktlich Feierabend!" „Boa, das ist ja Luxus pur, der LED-Fernseher verschwindet auf Knopfdruck hinter eine Wand!", rief Hannes. „Und? Suche weiter!", rief

Petersen. „Ja, dieses Bild müsste eigentlich dort hängen, hier ist der Haken zum Aufhängen", staunte Hannes Hansen. „Chef, da ist ein Tresor hinter dem Fernseher!", schrie der Praktikant. Am Tresor war ein Schlüssel eingesteckt. Am Schlüssel hing eine Kette. Es war die gesuchte Kette. Jetzt war es wahrscheinlicher, dass es sich doch um Mord handelte. Die Kette mit Schlüssel könnte bei einem Kampf abgerissen worden sein. „Diamanten, 2.500 Euro in der Brieftasche, Alibis, hier stimmt doch etwas nicht", analysierte Jens Petersen. Petersen ordnete die Überwachung von Herbert Hövel an. Der tourte immer noch in der Whisky-Meile umher. Jetzt war er in ständiger Begleitung eines jungen Mannes. „Das ist alles sehr verdächtig. Lasst uns Undercover arbeiten", sagte Petersen auf der Wache. „Ich erledige das!", rief Praktikant Hannes Hansen. „Na, dann zeig mal, was du kannst, Herr Oberkommissar in Wartestellung", sagte Kommissar Friedrichsen. In der Bar wartete Hansen bis Herbert Hövel abgefüllt war. Dann kam die

Gelegenheit, um mit Hövels Begleiter Kontakt aufzunehmen. Beide schwärmten für Ferrari, Rolex und Frauen. „Ich bin der Siggi. Lass uns noch einen heben, mein Vater ist ja schon fertig mit der Welt!", sagte Siggi Hövel, dessen Name ja nun bekannt wurde. „Ja, eine Rolex hätte ich auch gern", schwärmte Hannes Hansen. „Die kann ich alle kaufen, alle! Schau her, ein ganzes Säckchen Diamanten. Mein Vater und ich handeln damit. Uns gehört die Welt!", ritt sich Siggi in die Falle. Noch in der gleichen Stunde wurden Vater und Sohn Hövel festgenommen. Beide gestanden, die Geschichte vorgetäuscht zu haben, um an die Diamanten zu kommen. Was interessieren 2.500 Euro, die Diamanten hatten einen Wert von einer Million. Siggi Hövel erschlug Dirk van Bertram und raubte die Diamanten. Die Tatwaffe, ein Flasche Rum, warf er über Bord. Der Fall war gelöst. „Endlich einmal Action!", rief Praktikant Hannes Hansen.

Aus dem Buch „Science Fiction & Co.":

Ein Gruß aus dem Nichts

Hannelores Tagebuch:

„Ach, was soll ich sagen, seit 45 Jahren
beobachte ich den Himmel. Jetzt werden
langsam meine Augen schwach. Alle in der
Familie habe ich mit diesem Virus
angesteckt. Ist da etwas? Werden wir
beobachtet? Sind wir alleine im Weltall?
Jetzt möchte ich langsam meine Station hier
in Bayern schließen. Morgen um 5 Uhr in
der Frühe, kurz vor Sonnenuntergang,
möchte ich noch einer eigenartigen
Erscheinung nachgehen. Gute Nacht."

Um 5 Uhr saß Hannelore wieder vor ihrem
Teleskop. Ihr Mann schlief noch und die
Kinder waren schon aus dem Haus gezogen.
Da war er wieder. Ein kurzer, heller
Lichtpunkt. Gut, das Flackern kommt durch

die Atmosphäre, aber das Licht war vor einiger Zeit noch nicht zu sehen. Vor 40 Jahren schon gar nicht. Hannelore hatte immer gute Gedanken. Ob das der Schlüssel zu den weiteren Ereignissen war? Sie schaute durch das Fernrohr, das Licht kam dicht auf sie zu. Plötzlich berührte sie jemand an der Schulter. War es ihr Mann? Nein, es war ein Lichtwesen. Eine schwebende, kugelförmige Form in vielen Farben im Inneren. Hannelore erschrak, nicht unbedingt solch eine Begegnung hatte sie sich gewünscht. Gut, vielleicht in anderer Form, sie hätte dann gerne einen Kaffee angeboten. Gerade wollte Hannelore eine Frage stellen. Soweit kam es einfach nicht. Da war die Antwort schon in ihrem Kopf. Auch weitere Fragen, wurden geklärt.

„Wir kommen vom äußeren Kreis des Universums. Wir existieren am längsten im Universum. Neid, Kriege und Eifersucht, das haben wir alles überwunden. Wir kommen und gehen durch die Schwarzen Löcher. Wir sind eine untrennbare Energie, jeder von

uns. Wir kommen aus der anderen,
besseren Dimension. Wir benötigen nur
wenige Schritte zu euch und anderen
Lebewesen. Wir bewegen uns mit Bega. Das
ist sozusagen die Hier und Sofort-
Geschwindigkeit. Wir sind zu dir
gekommen, um dir zu sagen, es gibt
Wichtigeres als Geld, Macht, Eifersucht und
Kriege. Komm' einmal mit uns, wir zeigen
dir den Kosmos. Entstehende Sonnen,
riesige Sternhaufen, gewaltige bunte
Wolken. Glaub uns, es ist faszinierend. Du
bist unter Freunden, alle Fragen werden
beantwortet. Du erkennst die wahre Liebe
und Wärme."

Hannelore überlegte nicht lange, weckte
ihren Mann. Schrieb eine Nachricht und
legte den Brief auf den Tisch.

*„Ihr lieben, wir sind unterwegs, wartet
nicht mit dem Essen auf uns. Wir melden
uns irgendwann und sind immer bei euch. In
Liebe, Eure Eltern."*

Aus dem Buch „Schicksal & C0.":

Im Alten Berlin um 1900

Sprichwörtlich ist das Berliner Tempo. Um 1905 lebten mehr als zwei Millionen Menschen in Berlin und Fahrzeuge aller Art belebten das Straßenbild. Von den Trams, elektrischen Wagen und Droschken, Drei- und Zweirädern sah man viele herumfahren. Ein sehr lautes Getöse, das für den Provinzler kaum auszuhalten war. Die ersten Straßenbahnen fuhren, Geschäfte und Gastwirtschaften schossen wie Pilze aus dem Boden. Heinrich Zilles Milieu lebte. Alle waren glücklich und zufrieden. Zilles Bilder spiegelten das einfache Hinterhofleben wieder. Der typische Berlinerische Dialekt gehörte natürlich dazu. In dieser Zeit stand Berlin in voller Blüte. Die Industrie wuchs enorm. Es gab kaum Arbeitslosigkeit und ein pralles Nahrungsangebot war vorhanden. Die Einwohnerzahl stieg, da hier immer mehr

Menschen aus dem Ausland leben wollten. Konstanzes Schneiderei am Potsdamer Platz florierte und klein Erna sah immer gern dem Leierkastenspieler zu, der in den Hinterhöfen für einen Groschen spielte. Dabei rutschten ihr die Strümpfe herunter und verträumt lutschte sie an ihrem Daumen. Im Theater am Kurfürstendamm sang Josefine vor. Sie war gerade mit dem Gesangstudium fertig. Sie hatte eine herrliche Sopranstimme. Josefine war zwanzig Jahre jung, sah blendend aus und strahlte sehr viel Lebensfreude aus. Keiner wusste von ihrem Geburtsfehler. Geschickt konnte das Mädchen sein Problem verbergen. Mit langen Kleidern ging es gut, die Aufmerksamkeit auf andere Dinge zu lenken. Sie war sehr schön, hatte eine prächtige Stimme und eine gewaltige Ausstrahlung. Josefine bekam ohne Umschweife die Anstellung. Talentiert, wie sie war, bekam sie bald schon einige Angebote aus dem Ausland. Doch die junge Frau wollte nicht aus ihrer Heimatstadt heraus. Sie war aus gutem Hause. Ihre

Eltern – Baron und Baronin Bergedorf zu Lippstein – bewohnten ein großes Herrenhaus in Charlottenburg. Josefine hatte dort eine ganze Etage für sich, mit herrlich eingerichteten Zimmern. Nein, warum sollte sie jemals ausziehen? Das Theater am Kurfürstendamm war ständig ausverkauft, denn alle lagen der jungen Sopranistin zu Füßen. Josefine sonnte sich in ihrem Ruhm und ihre Eltern waren stolz auf sie. Einige Jahre vergingen. Die Entwicklung Berlins ging rasant weiter. Josefine war mittlerweile eine gefragte Künstlerin und das Theater platzte jedes Mal aus allen Nähten, wenn sie auftrat. Doch eines Tages wurden ihre Eltern krank. Erst der Vater, der schließlich an einer Lungenentzündung starb und den sie bis zuletzt pflegen musste. Kurze Zeit später wurde die Mutter schwer krank und musste gepflegt werden. Es vergingen wieder Jahre. Jahre der Pflege und des Stillstandes ihrer Karriere, denn während sie sich um ihre Eltern kümmerte, konnte sie nicht auftreten. Josefine sah man an, dass die

Jahre nicht spurlos an ihr vorübergegangen waren. Sie wurde in einigen Monaten 26 Jahre alt und hatte, trotzdem sie lange nicht sang, ihre Stimme nicht verloren. Sie sprach und sang wieder im Theater am Kurfürstendamm vor. Und abermals nahm man sie auf und stellte sie an. Der Erfolg kam zurück. Doch die Aufführung von Tristan und Isolde würde sie so schnell nicht vergessen. Während des zweiten Aktes, sie sang gerade ihre Arie, schrie jemand laut durch die Zuschauermenge: „Von der Bühne runter, einen Krüppel wollen wir nicht sehen!" Ein entsetztes Raunen ging durchs Publikum. Dann wieder der gleiche Zwischenruf. Dieses Mal noch lauter: „Hau' endlich ab, wir brauchen dich nicht!"

Josefine hörte es, rannte von der Bühne und verbarrikadierte sich in ihrer Kabine. Sie weinte laut und beruhigte sich nicht. Mit einem Mal waren alle ihre Zukunftspläne und ihr Selbstvertrauen zerstört. Sie ging aus dem Theater und lief kopflos auf die

Straße. Josefine merkte nicht, dass hinter ihr ein junger Mann, elegant gekleidet und dazu noch gut aussehend, herlief. Er versuchte sie zu beruhigen. „Hallo, Fräulein Josefine, bleiben sie doch stehen, warten Sie, ich möchte mich bei Ihnen vorstellen." Die Sopranistin drehte sich um und traute ihren Augen nicht. Was für ein Mann, dachte sie. Das kann es doch eigentlich gar nicht geben. Diese Schönheit war kaum zu fassen. Sie blieb stehen und trocknete schnell mit einem Seidentaschentuch ihre Tränen. Sie wollte nicht, dass dieser Herr sie so sah. „Ja, ja stotterte", Josefine, „schon gut, wer sind Sie denn?" Der elegante Herr antwortete: „Ich will mich vorstellen. Mein Name ist Konsul Brinkhaus. Ich besuche regelmäßig Ihre Vorstellungen und bin von ihrer Schönheit und natürlich von Ihrer Stimme begeistert." „Aber warum laufen Sie mir nach? Mir kann doch niemand helfen. Und auf diese Bühne gehe ich nicht zurück. Ich schäme mich so." „Josefine", sagte Konsul Brinkhaus. „Bitte hören Sie mir mal zu. Ich bin der Meinung, dass es schändlich ist, was da passierte. Was dieser Mensch sich dabei gedacht hat, weiß ich nicht, aber ich weiß eines: Sie sind jung, schön und unglaublich talentiert. Ihre Stimme hat einen besonderen Klang. Etwas Liebliches klingt darin mit, wenn Sie singen. Darum bitte ich Sie, weiterzumachen. Nehmen Sie keine Rücksicht auf diese Neider. Sie hassen, weil sie selbst nicht erfolgreich sind. Das hat wenig mit Ihnen zu tun." „Herr Konsul, wenn ich Ihnen doch nur glauben könnte." „Josefine, das können Sie. Außerdem bitte ich Sie, mich bei meinem Vornahmen zu nennen. Ich heiße Lorenz. Ich habe längst erkannt, was in Ihnen steckt und ich sah Ihre Behinderung, die aber für mich nicht existiert, da ich mich ..." Er stockte und wollte nicht weiter reden. Josefine errötete heftig und wäre am liebsten ganz tief in den Erdboden versunken. „Lorenz wissen Sie, ich wurde so geboren und bin damit bisher gut durchs Leben gegangen. Meine Eltern sind kurz nacheinander verstorben. Ich hatte sie gepflegt, sie waren krank. Nun wohne ich allein in dem großen Herrenhaus in Charlottenburg und wollte mir den Traum von der großen Operndiva erfüllen. Aber ich bin erst mal schockiert." „Darf ich Sie zum Essen einladen?", fragte Konsul Brinkhaus. „Natürlich dürfen Sie", sagte Josefine. „Schon allein deswegen, weil Sie so liebenswürdig sind und mich aufheitern wollen." „Gut", sagte Lorenz, „dann treffen wir uns morgen im Restaurant Unter den Linden um 18 Uhr?" „Das ist mir recht", entgegnete die junge Frau. „Und nun", sagte Brinkhaus, „gehen wir gemeinsam zurück zum Theater und reden mit den Leuten." Josefine war einverstanden. Am nächsten Tag trafen sie sich zum Essen und die Stimmung zwischen ihnen war locker und freudig. Josefine ging aus sich heraus und war noch nie so mit sich im Reinen. Sie fühlte etwas Wunderbares. Konsul Brinkhaus war sehr witzig und seine lockere Art gefiel ihr ausgesprochen gut. Josefines Selbstwertgefühl stärkte sich wieder. Sie trafen sich nach fast jeder Vorstellung und Lorenz gestand ihr seine Liebe. „Auch ich

finde Sie sehr liebenswert. Jedoch, um Sie zu lieben, benötige ich noch etwas Zeit."
Der Konsul hatte Verständnis und wartete. Bis dann doch eines Tages der Zeitpunkt gekommen war, um ihr einen Heiratsantrag machen zu können. Sie heirateten prunkvoll und viele Gäste kamen zur Hochzeit. Das Herrenhaus von Josefine verkauften sie und beide zogen in die Villa des Konsuls.
Josefine und Lorenz bereisten die ganze Welt, denn die Stimme der jungen Frau war überwältigend und alle lagen ihr zu Füßen. Sie wurden sehr glücklich und das Leben im alten Berlin ging weiter. Zille malte seine Bilder, der Verkehr auf den Straßen wurde immer rasanter, die Gartenlokale und Geschäfte florierten. Konstanzes Schneiderei konnte sich vor Aufträgen kaum retten. Es ist immer wieder eine Freude, aus dem alten Berlin zu berichten, denn diese schöne Zeit werden wir stets in guter Erinnerung behalten.

Aus dem Buch „Horror & Co.":

Die Kathedrale des Grauens

Auf einem Hügel im Spessart stand eine schöne alte Kathedrale im gotischen Stil erbaut. Sie war aber auch angsteinflößend. Rings umher nur tiefer Wald und Einsamkeit. Niemand traute sich in die Nähe dieser Kirche, denn es waren grausige Geschichten im Umlauf. Es hieß, dass dort immer um Mitternacht der Glockenturm betätigt wurde und leiser monotoner Gesang zu hören war. Fred und Angelika Neumann machten schon seit Jahren im Spessart Urlaub, doch bisher war ihnen nichts dergleichen zu Ohren gekommen. An einem warmen, sonnigen Urlaubstag wollten sie diesen Hügel erklimmen und sich umsehen. Eigentlich waren die Neumanns realistische Leute, die nicht an fantastische Geschichten glaubten. Fred und Susanne Neumann machten sich auf den Weg. Die Kirche lag einsam auf einem Hügel. Niemand ahnte wirklich, was sich dort abspielte. Die Leute in der Gegend erzählten sich die schlimmsten Geschichten. An einem besonders warmen Sommerabend gingen sie hinauf zur Kathedrale. Es dämmerte schon etwas. Im Halbdunkeln sah die Kirche furchteinflößend aus, obwohl sie auf der anderen Seite sehr schön war. Grelles Licht schien durch die eingestaubten Fenster. Aber, wie ist das möglich, zudem seit hunderten von Jahren keiner mehr dort oben war? Nur hin und wieder kam jemand, der nach dem Rechten sah. Langsam schob Fred den schweren Eisenriegel zur Seite. Es knarrte und quietschte verdächtig. Die schwere Eichentür ging von alleine auf. Susanne ging langsam hinter Fred her. In der Kirche war alles hell erleuchtet. Woher kam dieses Licht? Elektrizität gab es hier nicht. Es brannten sechs Fackeln, die an der Wand rings um den Altar befestigt waren.

Eine unheimliche Atmosphäre war zu spüren. Wie angewachsen standen sie da. Sie wollten wieder gehen, aber irgendwas hinderte sie daran. Plötzlich durchdrang eine grausame Stimme den ganzen Kirchenraum. Sie flüsterte: „Kommt doch näher, hi, hi, hi. Ihr seid sowieso verloren. Wer einmal seinen Fuß in diese Kirche setzt ist für immer verloren." Starr vor Schreck stand das Ehepaar nun da und beide zitterten am ganzen Körper. „Hätten wir uns nur nicht überreden lassen, hierher zu kommen", sagte Fred. Nun war eine zweite, noch grausamere Stimme zu hören: „Ich bin Satan, Herrscher der Hölle. Diese Kathedrale ist seit mehr als 400 Jahren verflucht. Niemand durfte je einen Fuß über diese Schwelle setzen. Ihr habt es getan und werdet bezahlen." Die junge Frau bekam einen solchen Schreck, dass sie tot umfiel. Ihr Herz blieb einfach für immer stehen. Fred schrie laut und verzweifelt: „Bitte steh auf, komm zurück!" Aber sie hörte ihn nicht mehr.

Ein irres Lachen war zu hören: „Ha, ha, ha, ich sagte euch doch, hier kommt keiner lebend heraus." Ralf weinte und kniete vor seiner Frau, die am Boden lag und rief: „Wer spricht da?" Satan antwortete: „Eine Nonne, die vor vielen Jahren in meinem Namen schwarze Messen abgehalten hat. Sie konnte hunderte von Menschen dazu bringen, mich anzubeten. Leider verriet sie mich, als sie zum Gottesglauben zurückging und musste dafür sterben. Weil sie nicht zur Ruhe kommen kann, spukt ihr Geist heute noch umher. Sie wurde unter dem Altar eingemauert." Fred versuchte mit ruhigen Worten zu antworten: „Wenn du der Allmächtige bist, kannst du bestimmt auch meine Frau wieder lebendig machen." „Ja, das könnte ich", antwortete er. „Wenn ich sie wieder bekommen kann, werde ich alles dafür tun. Sag mir was ich machen soll." „Ha, ha!", antwortete Satan. „Hast du dich nun der Hölle verschrieben?" „Wenn es nicht anders geht, dann werde ich es tun", sagte Fred. Es machte sich ein schwefeliger Gestank in der ganzen Kirche breit. Es erschien eine Gestalt, die den blanken Horror darstellte und noch schlimmer. Rote, blutunterlaufene Augen, das Gesicht eine einzige Fratze. Blut und Schleim tropfte aus einem Schlitz, der den Mund darstellen sollte. Die Haut hing in Fetzen herunter. Statt Füßen waren riesige Krallen zu sehen. Da wo normalerweise Hände waren, hingen ebenfalls Krallen herab. Der Teufel persönlich stand hinter ihm. „Du bist hier in die Kirche gekommen, aber du wusstest nicht, dass du sie nicht betreten darfst. Deine Frau musste sterben. Ja, du kannst es wieder rückgängig machen. Schließe dich mir an und du wirst sehen, deine Frau lebt." „Was soll ich tun?", rief Fred. „Du wirst nun ein von mir vorgesprochenes Gebet nachsprechen: Herr der Hölle, all meine Gedanken und auch mein Tun, aber vor allem mein Leben gebe ich in die Hände Satans. Ab sofort werde ich mit den verstorbenen Seelen hier in der Kirche schwarze Messen abhalten. Für immer werde ich den König der Hölle verehren, ihm gehorchen und alles Irdische hinter mir lassen." Es wurde stockdunkel. In der Mitte des Altars loderte ein riesiges Feuer und hässliche Fratzen schauten heraus. Mit einem furchtbaren Gestöhne, Geschrei und Geheul sog dieses Feuer Fred in sich auf. Man sah ihn nie mehr wieder. Seine Frau erwachte, aber ihr Mann war auf ewig in den Tiefen der Abgründe verschwunden.